TON CHAPEAU AU VESTIAIRE

NADINE TRINTIGNANT

TON CHAPEAU AU VESTIAIRE

FAYARD

ISBN 2-266-07867-4

à ton fils, Yann.

Des années durant, j'ai eu la hantise du jour où tu ne me reconnaîtrais plus.

C'est arrivé.

La première fois, tu étais assis sur un banc au soleil, dans cette maison, là-bas. Près de Milly-la-Forêt. Je t'ai vu de loin. Les épaules affaissées. La tête basse. Les yeux collés à tes pieds nus et enflés. Un vieil enfant abandonné. Je suis venue vers toi. Je me suis assise à tes côtés. J'ai pris ton visage entre mes mains et je t'ai embrassé. Tu m'as regardée. Tu as dit : « Comme vous êtes gentille. »

Quelque chose s'est vidé en moi. Pas ça, Christian. Pas ça. Il me semblait déceler dans tes yeux, pleins d'une tendresse absente, la fin de notre jeunesse.

Une vieille femme très maigre est sortie du bâtiment. Elle marchait vite. Marmonnait qu'elle était en retard. Elle s'est brusquement arrêtée, son regard figé sur la grille fermée. Elle a laissé tomber ses bras. Comme toi... J'aurais voulu t'arracher à tout cela, et le sentiment de mon impuissance m'a submergée.

En rentrant à Paris, j'avais mal au cœur, et j'ai arrêté l'auto au bord de la route. Les derniers rayons du soleil rasaient les herbes hautes qui ondulaient mollement comme les algues sous la mer. Le ciel était doux. C'était un jour fait pour être heureux.

Un jour comme tu les aimais...

À présent, quand je vais te voir, vite, je te dis mon nom. Et que je suis ta sœur. Enfin, une de tes sœurs. Tu prends l'air entendu de celui qui a compris et, si tu trouves les mots, tu dis : « Bien sûr, je le sais bien. » Tricheur ou courtois ? Les deux, sans doute. Comment savoir ? Comment comprendre ? Je sais qu'il y a des choses que tu perçois, mais je ne sais pas toujours lesquelles... Après la promenade en forêt, on va boire une menthe à l'eau dans le bistrot-tabac du village, près de l'église. Tu regardes avec envie les hommes au comptoir se parler entre eux. Quand ils rient, tu ris aussi. Parfois, tu lances d'une voix un peu trop forte : « Oui, oui, bien sûr. » Ils se tournent vers toi, l'air gentil. Ils « savent ». L'établissement est dans le village. Parfois, l'un d'eux lève sur toi un regard empreint d'une vague curiosité. Si je m'écoutais, je leur demanderais de jouer avec mon grand frère. Je sens si fort ton envie impérieuse de retourner parmi les tiens... Mais je ne dis rien. Je pose ma main sur la tienne. Aussitôt, tu fais de même. Avant, pour signifier qu'il fallait te laisser en paix, tu regardais fixement la main qui te touchait. Pour rire. Mais la contrariété que tu éprouvais au moindre geste possessif était bien réelle. Aujourd'hui, ton besoin de sentir la chaleur des autres domine le reste.

Tu bois ton verre. Et le mien. Peur de manquer ? D'être oublié ? Retour à l'enfance ?... Tu me scrutes, et tu croises tes jambes. Comme moi. Tu poses tes coudes sur la table, le menton sur ta main repliée. Comme moi. Tu veux être conforme. Pareil aux autres. Avant, les autres, tu t'en balançais. Tu étais toi. Insolent. Gai. Nonchalant. Ça me plaisait. Tu n'aimais ni le conformisme, ni la prudence. Tu me disais : « Et surtout, n'oublie pas d'être imprudente. » À présent, je vis ta peur. Où est passé mon frère ? Celui qui aimait rire. Qui marchait si vite. Encore plus vite que moi.

Pour cacher sa souffrance, notre frère Serge dit que tu le fais exprès. C'est plus commode pour toi. L'âge arrivant avec sa cohorte d'emmerdes : cheveux qui commencent à se barrer, courbatures sans raison, moins envie de baiser, autant lâcher l'affaire.

Il dit que tu as laissé ton chapeau au vestiaire.

C'était un jour d'hiver où nous étions tous les trois chez Adèle. Entre la rue de Bellechasse et la maison près de Milly-la-Forêt, tu as vécu quelque temps dans un appartement au-dessus de celui d'Adèle. Elle est gaie, tendre, chaleureuse. Nous espérions tous, y compris elle, que c'était une solution définitive.

Ce jour-là, tu n'arrêtes pas d'enlever tes chaussures et ça rend Serge nerveux. On sait tous les deux que tout à l'heure, il nous faudra une fois de plus t'abandonner... On tente d'arranger ton salon. Lui répare une lampe. Je mets en valeur tes objets favoris. Après, on regarde le paysage depuis ta chambre : les fenêtres des autres HLM, les murs de brique rappellent la banlieue moscovite. On se demande ce que toi, tu vois. On te regarde. Tu as eu le temps d'ôter tes pompes. Je te les remets. Tu te penches aussitôt pour les retirer à nouveau. Serge te dit de ne plus faire ça. Il te montre que lui aussi a des chaussures aux pieds. En vain. Il me dit qu'il n'en peut plus. Nous décidons d'aller nous promener. Mais, en bas des escaliers, la porte donnant sur la rue est fermée. Tu t'assois sur une marche et tu entreprends d'enlever tes souliers. Serge frappe à la porte la plus proche. Elle s'ouvre, et une main le happe. J'entends sa voix angoissée qui m'appelle. Le minuscule couloir est envahi de fumée. Ça pue. La vieille n'a pas toute sa raison.

Derrière nous, sa porte claque. On pense à toi, seul dans les escaliers, et on se précipite. Nous sommes en plein cauchemar.

Quand, enfin, on se retrouve dans la rue, tu recommences. Il fait un froid de gueux. On se traîne tous les trois. Gelés et sans but. Accablés. Serge dit que si, désormais, c'est ça notre vie, on n'a qu'à se foutre en l'air tout de suite. On s'est arrêtés devant un magasin d'électroménager. Cette vitrine te fascine, ce qui achève d'exaspérer notre frère. Son chagrin le rend furieux. Hors de lui, il déclare que c'est facile, pour toi, que tu as laissé ton chapeau au vestiaire... Aux autres de se démerder ! Surpris par sa véhémence, tu te détaches des aspirateurs, et tu le regardes. Une bourrasque nous pousse en avant, et on rit... Dans le vent froid, deux frères et une sœur sur le trottoir désert... Quand c'est triste comme ça, j'ai l'impression qu'il ne peut pas s'agir de moi. De nous... Longtemps, je n'ai cru qu'aux bonnes nouvelles.

On a mis du temps à comprendre, dans la famille. Quatre sœurs, deux frères, le téléphone arabe n'est jamais en panne. Il y en a toujours un pour qui ça ne va pas bien. Avec le temps qui passe, la santé qui décline, et le chômage, à présent, il peut même y en avoir deux ou trois. On se disait que tu déprimais. Cela offrait un aspect passager assez rassurant. Pourtant, Christine, qui vivait avec toi, a essayé de nous alerter. Elle s'est heurtée à une bande d'autruches.

Il faut dire que tu savais nous donner le change. Tu faisais tout pour nous cacher le flou dans lequel tu te débattais déjà. Tu étais un bon simulateur, et nous, des égoïstes impénitents. Les signes annonciateurs, on ne les a pas analysés. Pas tout de suite. C'est l'accumulation qui nous a fait réfléchir.

Tu sortais de moins en moins.

Nous ignorions que, seul dans les rues, tu commençais à te perdre.

Peut-être as-tu lancé des appels que, distraits par le cours de nos vies, nous n'avons pas entendus ?

J'aurais dû être plus vigilante quand nous avons tourné ensemble. Mais les trous de mémoire, ça arrive. Le trac est un mal répandu chez les acteurs.

La première fois, c'est une scène avec Cardinale. D'un coup, tu t'arrêtes. Interdit. Muet. Tu te tapes sur le front d'un geste qui t'est familier. On reprend. À chacune de tes interruptions, tu me regardes, navré. Cela m'émeut. Depuis toujours, je suis ta petite sœur. J'ai l'habitude d'être dominée par toi. Mais enfin, là, on tourne, et puisque je suis le metteur en scène et toi l'acteur, je fais ce qu'on attend dans ces cas-là. Je te rassure. Ce n'est pas grave. On a tout notre temps. Bonne camarade,

Claudia renchérit. Je me dis que ton trouble vient du fait que, dans ce film-là, tu n'es pas la vedette. Tu reviens des États-Unis où tu t'es heurté à des refus, et tu as décidé de refaire l'acteur. Tu dis que ça te va très bien, cette participation. Que ça te remet le pied à l'étrier. Tu as conscience qu'en France on t'a un peu oublié. Ton aptitude à la vie, ton élégance t'aident. Ton courage aussi.

Avant ton départ, tu étais recherché, choyé, adoré. Dans la rue, on te reconnaissait. Dans les restaurants, les maîtres d'hôtel venaient vers toi, te donnaient la meilleure table. Rêveuses, les femmes te souriaient.

N'empêche. Jamais je ne t'ai vu amer.

Un an après *L'Été prochain*, durant une scène avec Morgan, tu paniques. Tu as plus d'une page de texte, et tu veux y arriver. Michèle fait tout pour t'aider. Je sens une interrogation muette dans son regard, que je croise. Elle, si joliment distraite d'habitude, a peut-être senti ce jour-là en face d'elle autre chose que le trac.

L'année suivante, tes difficultés se sont précisées. Le premier jour de tournage, c'est toi qui m'as aidée. Tognazzi n'est pas content. Ses vêtements ne lui plaisent plus du tout. Il les passe et se fige devant moi, avachi exprès. En bon Italien, rien ne peut l'empêcher d'être irrésistible dans la dérision. Mais on tourne dans les environs de Blois, et pour faire un saut chez Armani, ce n'est pas la porte à côté. Je cherche une solution quand tu arrives dans sa caravane pour lui dire bonjour. Je t'adresse un vague signe, et tout de suite, tu comprends. Tu lui dis combien il est jeune et beau et magnifique... L'air rusé, il te demande si tu es sûr de ce que tu avances... Tu sais être persuasif. Ta beauté, ta classe le rassurent. Tu me sauves le coup.

Quand on répète tes scènes entre nous, on comprend avec Ugo que tu ne peux pas mémoriser un texte et des déplacements dans le même temps. C'est l'un ou l'autre. Lui et moi, on s'arrange pour que cela fonctionne au moment de tourner. Je te souris afin de chasser l'effroi que je lis en toi.

De retour à Paris, après le tournage, un soir, tu me parles. C'est un appel de détresse, mais je ne l'entends pas. Pas ce jour-là. Nous sommes en bas de ton immeuble, rue de Bellechasse. Comme tu ne bouges pas de l'auto, je coupe le contact. Tu regardes, devant toi, les gens qui marchent tête basse sous la pluie fine. Elle glisse le long du pare-brise. Nous sommes noyés. Tu regardes devant toi et tu dis qu'avant, il faisait beau. Les femmes étaient rieuses comme des papillons. Elles portaient des robes de mousseline fleurie. On allait chez Carrère, à Montfort-l'Amaury. Nous étions insouciants. Heureux pour toujours. Et puis, d'un coup, tout s'est arrêté. C'est fini. Tout est devenu gris. Les gens. Les rues. Les robes des femmes... Je sais de quoi tu parles. Je me souviens bien de ces dimanches.

La différence, c'est que nous étions jeunes.

Les dimanches à Montfort-l'Amaury, c'est l'époque où tu as tout. Sans mérite. Le charme, la beauté, l'aisance sont des dons du Ciel. C'est là que tu rencontres Nina. Nina, l'amour de tes trente ans. Ce jour-là, tu viens me chercher avec ton auto rue Notre-Dame-des-Champs. Joli mois de mai, premier soleil au sortir de l'hiver, comment résister à cet appel ? En chemin, tu me racontes tes histoires de théâtre. Tu joues dans *Anna Karénine* et, chaque soir, au même moment, Gérard Oury et toi, vous êtes pris d'un fou rire irrésistible. C'est à la fin de la pièce, durant la poignée de main pleine de noblesse qu'échangent le mari et l'amant d'Anna. Vous vous regardez droit dans les yeux, et sous la neige artificielle qui descend des cintres, baignés par la musique du *Lac des cygnes*, les larmes du rire réprimé gagnent vos yeux. Vous serrez vos lèvres de toutes vos forces en vous détournant légèrement du public, attendant d'être sauvés par le baisser du rideau.

Comme tu étais heureux.

Dans le jardin de l'auberge, ils ont déjà monté les tentes rayées. Depuis leur table, des amis t'interpellent, t'invitent. Tu réponds gaiement. À l'aise, comme toujours. On rejoint ton copain Pitou, qui est en compagnie d'une longue panthère brune aux yeux verts, mi-anglaise, mi sri lankaise. C'est Nina. Il vous présente. Dès l'instant où vos regards se croisent, vos yeux ne se quitteront plus. Avec Pitou, on meuble la conversation. Assez vite, vous partez. Deux silhouettes tellement unies, au milieu de la joyeuse cohue des dimanches. Pitou me raconte qu'un baron allemand vient de quitter sa femme pour Nina. « Ça ne va pas être simple », a-t-il conclu.

Nina te surnomme Tian. Un jour, elle t'offre une montre en or tressé sur laquelle elle a fait graver : *Pour Tian qui, comme moi, n'est pas fait pour ce monde-là.*

Bien des années plus tard, Nina s'est suicidée.

La pluie dégouline sur le pare-brise. Tu me demandes pourquoi tout est devenu si gris. Je ne sais plus ce que je t'ai répondu pour te remonter le moral. Je n'ai pas su. Je suis certaine de ça. Je n'ai pas entendu que tu étais perdu... On devient sourd-muet à force. Pourtant, je connais ton élégance. Chat de gouttière, léger comme une goutte d'eau... Je t'ai laissé sortir de ma voiture. J'ai démarré. Je t'ai abandonné.

Tu sortais de moins en moins.

Tu trouvais mille excuses pour rester chez toi. Tu attendais un coup de fil pour le travail... Mais ces coups de fil-là se faisaient de plus en plus rares. Combien de chances a-t-on dans la vie ? Certains n'en ont aucune. Tu avais eu la tienne.

Comme il faut bien vivre, tu acceptes de travailler dans une boutique de mode, rue François-Ier. Tu dois cet emploi à un ami qui désire t'aider. Un jour, je passe te voir. Avant d'entrer, je te regarde à travers la vitrine. Long, mince, vêtu de flanelle grise, tu es à l'écart dans un coin, et tu rêves... L'image fugitive de mon fils entr'aperçu un jour dans la cour de récréation. Seul, adossé contre un grillage, il regardait les autres enfants qui jouaient ensemble... J'entre dans le magasin et tu te diriges aussitôt vers moi. On se parle bas.

« Je ne sais pas du tout ce que je fous là.

— Si tu t'embêtes trop, on s'en va, on trouvera une autre solution.

— Non, non, ne t'en fais pas. Ils sont gentils. Ça va, quoi. On en a vu d'autres...

— Quand ça ? »

Le directeur s'approche de nous et tu me présentes. Il demande de quoi on discute, et tu réponds en riant : « De la guerre. »

J'ai le cœur serré quand je m'en vais.

Tu as toujours peint et, à cette époque, tu penses exposer ; aussi, quand tu nous dis : « Je ne bouge pas, je peins », on te croit. C'est d'ailleurs vrai. Tu peins tous les jours. L'exposition a lieu, mais elle ne se déroule pas comme on l'a rêvé. Pourtant, là, on s'y est tous mis. Lilou trouve un local au fond d'une cour de la rue Royale. Huguette fixe des draps blancs pour cacher les murs qui s'écaillent et mettre tes toiles en valeur. Carol et moi nous occupons des cartons d'invitation. Serge transporte avec toi tes toiles et sculptures, que nous disposons selon tes directives.

On n'a rien vendu.

Les critiques ne se sont pas dérangés. Quelques amis... c'est tout. Le soir, on range en essayant de plaisanter. Ça sonne faux. On sent tous comme ça saigne au fond de toi. Généreux, tu fais semblant. Tu dis que oui, ça n'a pas si mal marché. Tu ne veux pas peser. Jamais. C'est ta règle de vie.

Une incertitude qui passe souvent dans ton regard m'incite à me rendre de plus en plus souvent chez toi. Les autres aussi. Sans nous le dire, tu te cognes à tes absences. Pourquoi gardes-tu cette frayeur secrète ? Pudeur ? Peur de toi ? De nous ? On ne saura jamais. Comment nous voyais-tu ? Nets ? Présents ? Ou déjà vagues ? Un jour — tu me faisais écouter une sonate de Mozart — mes yeux tombent sur la toile que tu es en train de travailler. Des tourbillons jaunes et verts. Je te demande depuis quand tu t'es mis à l'abstrait. Surpris, tu regardes le tableau :

« Tu ne vois pas que c'est une forêt ? » Aujourd'hui, je l'ai sous les yeux. Je vois les troncs noueux, les branches qui se croisent. Les taches bleues du ciel caché. Je ne sais pas si tu l'as retravaillée ou si c'est moi qui étais aveugle, ce jour-là. À ses côtés, j'ai une petite aquarelle que je dois faire encadrer depuis des années. C'est un jongleur en plein ciel. Ton cadeau. Tu as écrit dessous : « Le jongleur ne sait pourquoi. »

La nuit est tombée doucement. On parle cinéma. Tu me dis qu'en réalisant un film sur Pauline, ma petite fille perdue, j'ai fait mon travail. J'ai l'impression que tu me places un peu trop haut. Je pressens que tu as eu à défendre ma démarche... Aujourd'hui, le souvenir de cette discussion m'aide à poursuivre mon écriture.

Il est temps de partir. Je ramasse ma veste. Tu m'accompagnes dans le couloir, et tu me suis dans l'ascenseur. Je te demande si tu viens chez moi. Tu me regardes au fond des yeux, tu te tapes sur le front selon ton geste habituel en disant : « Mais non, que je suis bête ! » Tu ressors très vite. Je vois ton regard derrière la grille. Ton regard perdu. Quelqu'un appelle l'ascenseur et ton visage disparaît. On se crie bravement des « au revoir » qui résonnent dans les escaliers nus.

Il y a eu aussi ton furieux besoin de sommeil. Nous sommes au festival du cinéma américain à Deauville. L'hôtel Normandy est plein, nous partageons la même chambre. Tu es las. Tu fais de longues siestes. Insomniaque depuis près de trente ans, je dors sans arrêt en cas de panique. Alors, la fuite dans le sommeil, je connais ! Je te demande si tu sombres par angoisse ou par ennui. Cela te fait rire : « Ça t'embête quand je dors, Nadin ? » (Plus personne ne m'appelle Nadin. Tu as enlevé mon « e » final un jour où tu as décrété que j'étais androgyne.) Marie nous rejoint. Son rire merveilleux te réveille pour de bon. Elle te rappelle ta femme, Tina, à qui elle ressemble. Nous allons, heureux, de cinéma en cinéma, de fête en fête, on boit du champagne sur la plage, on perd quelques plaques au casino.

Tu as de moins en moins d'argent. Quand je le peux, je t'en refile. Je te revois, debout sur le trottoir de la rue de Grenelle, agitant les billets dans ta main, tu me lances, souriant : « À charge de revanche ! » Tu parles, mon Cricri... Quand, à seize ans, on me coupait l'électricité, rue Notre-Dame-des-Champs, tu passais et tu payais la note en riant.

Tu avais confié à quelqu'un une petite aquarelle de Gustave Moreau pour qu'il la vende. On lui demande d'où il la tient. Résultat des courses : tu es convoqué à la police. Après quelques coups de fil fraternels, je m'y rends avec toi. Juste avant, nous mangeons un morceau dans un bistrot. On parle de Los Angeles, de Marlone. Votre complicité te manque. L'Amérique aussi. Tu dis que là-bas, c'est mieux ; il fait tout le temps beau. Les derniers temps, tu pratiquais le patin à roulettes, devenu à la mode parmi les adultes. Tu évoques les États-Unis comme si tu y avais laissé quelque chose d'infiniment précieux. Quelque chose qui, ici, t'échappe chaque jour davantage. Comme si ta mémoire était restée à la consigne de l'aéroport.

Le commissaire est sympathique.

Tu racontes qu'un jour, au casino de Monte-Carlo, un homme qui avait tout perdu au jeu, désireux de se refaire, t'avait proposé d'acheter l'aquarelle. Tu lui avais donné tout ce que tu avais sur toi. Le commissaire s'étonne que tu n'aies pas réclamé le papier attestant l'authenticité du tableau. Tu ris. Le type aux abois était émouvant, l'aquarelle te plaisait, alors le reste... Tu expliques comment, dans nos métiers, on peut être riche un jour et pauvre le lendemain.

Quand, par pure formalité, le commissaire demande à voir tes papiers, tu les as oubliés.

Il te demande tes date et lieu de naissance.

Vite, tu réponds : Marseille.

Oui, et la date ?

Tu te tournes vers moi. Je lis dans tes yeux une détresse inédite. Le sol se dérobe d'un coup sous mes pieds pendant que je calcule. C'est facile. Tu as huit ans de plus que moi. Le jour ? Nouvelle panique. Je croise le regard du commissaire et, devant ton silence, je dis que tu es poisson, donc... mars. Il a compris qu'on ne faisait pas semblant. Il a été très bien. M'a regardée droit dans les yeux en me serrant la main avec chaleur.

On se retrouve dans la rue. Moi, en pleine déroute. Tu ne sais plus ta date de naissance. Toi, délivré, tu me remercies. Tu dis que c'est bien que j'aie pu venir... Je te regarde. À toute allure, des images brouillées se superposent dans ma tête, que j'avais tenté d'occulter. Réminiscences d'instants perdus, de courtes phrases échappées. Je nous sens menacés. Depuis quand ? Pourquoi ? Pourquoi toi ?

On marche jusqu'aux Tuileries. On s'assoit sur un banc. On regarde les enfants jouer avec leurs bateaux autour du bassin. On parle de jadis. Et la précision de tes souvenirs me rassure. Je ne connais donc rien à l'étrange mécanisme de la mémoire... À la Libération, quand on a entendu à la TSF que Louis Jouvet était rentré à Paris, tu as pris ta bicyclette pour le rejoindre (je crois, sans l'avoir jamais rencontré). Je nous revois, tous les enfants, au pied du lilas mauve, dans le petit village jurassien où papa et maman nous avaient installés sous la garde de Huguette, notre aînée, alors qu'eux étaient toujours à Paris, de l'autre côté de la ligne de démarcation. On te regardait partir, tristes au fond, mais assez fiers de ton audace.

On parle aussi de la guerre. On se dit qu'on a aimé cette période trouble. Cette vie hors norme. Nos parents savaient nous cacher leurs peurs. C'est une grande chance, en cas de guerre, d'avoir des parents légers. Quand les épiceries de Nice se sont vidées, on est allés ailleurs. Les trains étaient bondés. Dans les gares, c'était la pagaille. Sur les quais, papa et maman n'arrêtaient pas de nous compter, nous et les paquets. Cinq enfants. Trois valises et quatre colis.

On découvre Paris. Les bombardements, la nuit. Au début, nous descendons à la cave. Serge emmène avec lui sa collection de timbres qu'il appelle « ses valeurs ». On se souvient tous les deux d'un homme silencieux en robe de chambre à carreaux, qui avait toujours une boîte de sucre Lebaudy sur les genoux.

Maman a la hantise d'être ensevelie sous les décombres, et on cesse alors de descendre à la cave... Le temps des alertes, on reste tous ensemble dans la chambre des parents. Au Vésinet, une fois, ç'a été dur. La DCA atteint son objectif et un avion en flammes rattrape un parachutiste. L'homme prend feu entre ciel et terre. Ce soldat, tu ne l'as pas oublié.

Ce jour-là, en sortant du commissariat, on s'est parlé de cette époque. Nous regardons les mères récupérer les bateaux à voiles, tirer leurs enfants par la main. Tu te souviens d'avoir vu des officiers allemands dans ce même endroit. Je t'avoue que j'adorais les entendre chanter et que je les suivais quand ils rentraient à l'hôtel d'Iéna, aujourd'hui disparu. Que papa et maman fussent contre ces ennemis qui chantaient si bien me navrait. Pourquoi choisir le camp des affamés, des vaincus? Tu m'as traitée de collabo.

Il fait doux dans les allées des Tuileries. Perdus dans nos souvenirs, on a tous les deux oublié ton trou de mémoire. On reprend notre promenade dans le jardin devenu désert. Tu remarques comme les

Maillol sont beaux au crépuscule. Dans la cour du Louvre, on s'est séparés. Tu as le pont à traverser et la rue du Bac à longer, jusqu'à la rue de Grenelle, pour te retrouver chez toi, rue de Bellechasse. Tu ne veux pas venir dîner à la maison. Par peur de te perdre au retour ? Le dernier parcours que tu as su faire, c'est de Bellechasse à l'Étoile, chez Paul Albou. C'est ton plus ancien trajet. Celui de tes vingt ans, quand tu traînais à Saint-Germain-des-Prés, avant de rentrer chez les parents, rue de Bassano. Les Champs-Élysées, c'est une partie de ta vie encore présente à ce moment-là... Pas le Marais. Le Marais est un des lambeaux déjà évanouis de ta mémoire.

Je te regarde partir. Ta haute silhouette, tes jambes interminables disparaissent dans la nuit... Ton air perdu, tout à l'heure, dans le commissariat, s'impose à moi, efface tout le reste... Tu ne sais plus ta date de naissance... Je poursuis ma route sans voir, rien ni personne.

À la maison, Alain écoute de la musique. Je m'allonge sur le canapé. Tu dois être arrivé. Peut-être que toi aussi, tu écoutes un disque... Pas sûr. C'est l'heure de dîner. Tu as faim. Tu ouvres ton frigo. Il est vide. Mais peut-être n'es-tu pas seul ? Christine est là. Vous préparez à dîner et elle te raconte sa journée. Peut-être... Rien n'est sûr. Je ferme les yeux. Je suis née un 11 novembre, moi. C'est facile à retenir.

La nuit dernière, impossible de dormir. Au réveil, assaillie par le remords, j'ai décommandé des rendez-vous de travail à coups de mensonges et pris ma voiture pour aller te voir.

Là-bas, dans la maison près de Milly.

Tu es avec les autres. Ensemble, vous êtes seuls. Dans la grande pièce où des images muettes défilent pour personne sur l'écran de la télé. Tu es assis. Tête basse, tu dors. Une lassitude m'envahit, m'ôte toute énergie. Je n'ai pas la force de te réveiller. Ni celle de rester près de toi. Accablée, je te laisse. Une fois de plus, je t'abandonne. Je roule vite. Sur les routes de campagne d'abord, puis sur l'autoroute. La tête vide, je traverse Paris. Et puis, dans mon parking, je faisais une marche arrière quand les sanglots ont bloqué ma respiration. Je me suis entendue gueuler : « Non, c'est pas vrai ! Pas Christian, pas mon frère. »

Pas toi, Christian.

Tu les as cachées avec soin, tes absences. Tes fuites. Tes perditions. Quand on les a perçues, il était déjà trop tard. Chacun de nous a fait ce qu'il a pu. Moi, je t'ai emmené chez les psy. Une, dans l'île Saint-Louis, t'a fait passer des tests.

Pendant ce temps-là, je vais m'asseoir sur le muret du quai d'Orléans, devant la porte du numéro 16, l'immeuble d'Évelyne auquel nous rattachent de si joyeux souvenirs. Elle vivait porte ouverte. C'était une maison douce. Généreuse... L'image de Marlone qu'on avait trouvé, en pleine nuit, seul dans la cuisine, en caleçon, assis sur un tabouret, une casserole de spaghettis calée entre les genoux. Quand on a ouvert la porte, il a levé son visage et nous a regardés en riant. Il était en plein régime !

Quand je viens te rechercher, la psy me dit que tu es impossible à cerner. Tu achoppes sur des tests très simples, alors que tu en résous d'autres, plus complexes. Elle ne comprend pas. Tu es pâle et je n'ai pas envie qu'elle parle de ton cas devant toi, comme si tu étais sourd. On s'en va vite. Sur le trottoir, tu t'arrêtes. Tu as du mal à respirer. Je m'en veux de t'avoir amené là. On achète des cornets de glace et on va s'accouder sur la rambarde de la passerelle. Un bateau-mouche éclaire au passage le chevet de Notre-Dame. Ça te plaît. On attend le prochain.

Grâce à Florence, on rencontre une autre psy, ancienne élève de son père. Elle me demande d'assister aux séances. Toi aussi, tu trouves ça mieux. On s'assoit tous les trois dans son bureau. Elle te regarde avec amitié. Sans rien dire. Tu lui souris. Le silence ne te dérange pas. Au contraire, il semble t'apaiser. D'une voix tranquille, elle te pose des questions simples, sur toi. Sur ta vie. On dirait une mère et son fils, retour de vacances. Tu réponds avec sincérité. Je vous écoute et je découvre que les images imprimées dans nos mémoires sont banales, anodines. Les petits moments. Ceux qu'on vit sans savoir. C'est au cours de ces entretiens que je constate le mal que tu te donnes pour dissimuler tes troubles de mémoire. Comme si tu te sentais en faute. Quand tu t'égares, tu te tournes vers moi, vite, je précise pour toi le nom, la date, le mot perdus. Tu prends alors un air entendu, tu souris de ta bévue pour la rendre légère, bénigne. Tu dis : « Mais oui, bien sûr, que je suis bête ! » J'ai soudain envie de t'emmener. Vite, fuir n'importe où. J'ai tort, puisque tu me confies en sortant de son bureau que cette femme t'a fait du bien. Nous y retournons donc régulièrement. Peut-être a-t-elle la clé ? N'empêche, durant ces trajets, quand on se perd dans le quartier de la Défense, à la recherche de l'hôpital Louis-Mourier, tu me demandes pourquoi on va encore là-bas. Je suis vraiment gentille, mais, à présent, tu n'as plus aucun trou de mémoire...

Pourquoi mens-tu ? Pour toi, ou pour moi ? Je n'ose pas t'interroger, et ne le saurai jamais. Je te dis qu'on a tous la mémoire qui se barre un peu. La preuve : une fois de plus, je ne retrouve pas le chemin... Un jour, c'est *là-bas* qu'on s'est égarés. Dans les couloirs, tous pareils. On a ouvert la mauvaise porte. On les a trouvés assis autour d'une table. Silencieux. Sans regard. La porte refermée, tu m'as dit en riant, mais avec de l'épouvante dans les yeux, que c'était le stade d'*après*. « Le stade d'après. » Peut-être aurais-je dû profiter de cet instant de vérité pour te faire parler ? Mais, à moi aussi, ils avaient fait peur.

Une fois. Une seule fois.

C'est à la montagne, dans le chalet de maman. Pour la première et dernière fois, tu as reconnu avoir un problème de mémoire. On se souhaite la bonne nuit et tu montes l'échelle qui mène au grenier transformé en dortoir. Et puis tu t'arrêtes et, tourné vers nous, l'œil perdu et rieur, tu nous lances : « À demain... Enfin, si je vous reconnais ! » Et tu disparais. La trappe est retombée avec un bruit sourd.

Un bruit de couvercle de cercueil. On a vite embrassé maman pour ne pas lui laisser le temps de penser. Elle est allée se coucher.

Avec Huguette, nous sortons respirer l'air vif de la nuit. On marche d'un bon pas, comme on aime. Elle s'allume une cigarette. On parle de toi. Ainsi tu sais... Tout le temps, ou par instants ? Elle me raconte qu'un jour, à Paris, tu lui as dit : « Je sais que je suis fichu. » Mais quand elle a voulu poursuivre, tu étais déjà ailleurs. Ou bien tu ne voulais plus.

Quand nous rentrons, elle monte te voir au grenier. Dans l'espoir que tu lui parles. Une fois de plus, tu as éludé.

Parfois tu nous as ainsi accordé un bout de phrase lorsque tes défenses t'abandonnaient.

Je me souviens d'un jour de printemps. On se balade au jardin du Luxembourg avec Roman, le fils de Marie. Il a quatre ans. On lui a acheté un cheval à bascule que tu portes sous ton bras. Je vais vous chercher des glaces et quand je reviens vers vous, sous le regard révolté du petit, tu prends les deux cornets dans ta main libre.

Je fais signe à Roman qui comprend toujours tout, et qui donc se tait. Je vais lui en chercher deux autres. Il me regarde, incertain. Je lui mets un cornet dans chaque main. Et comme, l'air camarade, tu lui fais signe que c'est bon, il les mange. Les ânes arrivent, Roman choisit le sien et s'éloigne pour un tour. Tu le regardes, pensif. Tu me dis que cet enfant est rare. Tu poses son cheval la tête en bas, les patins contre un arbre. Je te demande pourquoi, comme ça ? « Mais si, c'est comme à... Enfin, tu sais bien... Quand ça... » Ça t'énerve de ne pas trouver le mot, et, avec tes mains, tu esquisses le geste de glisser... Je nous revois, enfants, à Saint-Gervais, à plat ventre sur des luges, les mains cramponnées à celle qui nous devance et les pieds accrochés à la suivante. Je te dis : « Ben oui, à Saint-Gervais ! Les luges ! Les trains de luges... » Soulagé, tu ris, les yeux pleins de neige. Comme si le nom était miraculeux, tu répètes plusieurs fois : « Saint-Gervais. » Tu me regardes au fond des yeux. Comme avant. Tu es là. Avec moi. C'est de plus en plus rare. Il faut en profiter.

Je veux comprendre. Tu veux quoi, Christian ? Tu sens quoi ? Quand tu te réveilles, as-tu encore envie d'aller voir dehors ce qui se passe ? Comment luttes-tu contre cette torpeur qui t'envahit un peu plus chaque jour ? J'ai peur que tu ne repartes ; alors, vite, je te demande si tu es heureux. Tu me regardes. Attentif au mot. Tu réfléchis. Longtemps. Si longtemps que je crois que tu as oublié ma question. Là-bas, à l'ombre d'un châtaignier, Roman lève sa main vers moi en écartant bien les doigts. Il en est à son quatrième tour et veut continuer. Je fais signe que oui. Qu'il rêve sur son âne tant qu'il en a envie... J'entends ta voix : « Ni heureux. Ni malheureux. » Je te regarde. Tu es bien là. C'est ta vraie réponse. Une désolation flotte dans tes yeux. Tu as un geste qui balaie le jardin, les arbres, les enfants dans le soleil, le monde entier, et tu ajoutes : « Rien. »

Peut-être, ce jour-là, ai-je entrevu ta nouvelle planète. Ce jour où tout s'est éteint pour Jean-Louis et moi devant Pauline inerte. Lourde à neuf mois comme un poids impossible à porter. Si impossible qu'on la dépose à tour de rôle dans les bras de l'autre, sans savoir pourquoi. La course dans les ruelles de Rome. L'auto qui nous conduit à l'hôpital le plus proche. Les visages, tous inconnus. Comme pour toi aujourd'hui. La petite chemise Molly achetée en Suisse, que je découvre en ôtant son pyjama d'éponge. La dernière fois que je te déshabille, Pauline, ma fille. La dernière fois... Le passage à travers les vitres du couloir de l'hôpital. Cette dernière vision de mon enfant cachée par des blouses blanches. L'image d'une bouteille qu'une main porte un peu haut. Le médecin éloigne Jean-Louis de moi. Lui parle. La vision brutale de sa naissance, à l'envers, comme à la table de montage. Et la certitude soudaine d'avoir fait une connerie en accouchant. Il fallait la garder dans mon ventre, bien sûr. À l'abri... Le regard perdu de Jean-Louis, plongé dans le mien, qui dit tout sans articuler un seul mot. Il ne peut pas. Dans un bureau de verre, ils nous posent des questions. Ses prénoms : Pauline, Camille, Hermione. Jean-Louis me tient serrée contre lui. Une femme tape à la machine. Quand elle demande sa date de naissance, le voile se déchire et emporte avec lui la sourde anesthésie qui m'enveloppe. Je la veux. Elle. Je cours. Des murs me cernent. Des infirmiers me rattrapent. Ils me tiennent emprisonnée comme une bête. Ils parlent de piqûre. Je refuse. Là-bas, Jean-Louis s'écroule dans les bras de Bernardo. Je crois que c'est Gite qui m'a promis d'aller elle-même couvrir Pauline pour qu'elle n'attrape pas froid. L'ascenseur inconnu, semblable à un cercueil. Je recule, épouvantée. Ils n'insistent pas. Bloquée contre une porte, puisqu'il ne faut pas retourner là-bas, je parle à Bernardo qui m'écoute. Il m'a avoué bien plus tard que, ce jour-là, je l'avais humilié. Pour m'aider, pour me tirer du trou sans fond dans lequel je glissais, il m'avait affirmé que ce que je disais était beau et qu'il fallait que j'en fasse un film. Je lui avais répondu : « Mon pauvre Bernardo, tu n'as rien compris, alors ! » Le bras de Jean-Louis se lève pour s'appuyer contre un mur et y coller son visage. Une fenêtre dont je m'éloigne vite. Peur de l'attirance. J'ai gardé le souvenir de cet instant où je me suis éloignée d'une fenêtre. Plus tard, maman, Serge, Jorge et Colette, Jacquot et Minouche. D'autres aussi. Ils parlent tout bas. Et puis, d'un coup, dans l'encadrement de la porte, la beauté. Marie et ses yeux immenses. Deux lacs. Elle est loin. À l'autre bout de la pièce. Elle porte une robe bleu marine à col blanc. D'un seul élan, elle est venue contre moi. Tiède dans mes bras. Indispensable. Bouleversante. Comme elle a vite tout senti. Déjà l'intuition d'une femme. À huit ans. Ma fille chérie. Ma généreuse. Huit ans. C'est tôt pour rencontrer l'incompréhensible.

Durant la nuit, couchés dans le lit de Gite qui dort dans l'entrée, on se demande, Jean-Louis et moi, comment le lui dire. Le faut-il ? Il pense que oui. Et aussi que nous deux, on doit ou se tuer tout de suite, ou vivre. Pas faire semblant. Vivre pour de vrai. Tout de suite. Pour Marie, bien sûr, mais aussi pour Pauline. Il me dit : « Je t'aime, ma femme. » On fait l'amour. Sans chercher la jouissance. Juste pour ne plus être morts. Plus tard dans la nuit, il sombre dans un sommeil douloureux. Et les images aussitôt s'imposent. Nettes. Précises. Le plateau étincelant sur lequel reposent les bistouris. Les pinces. La lame qui découpe en deux la chair intacte de mon enfant. Son visage doux et tendre et blême. Ses viscères que des mains ennemies sortent d'elle. Il fallait vérifier que le bébé n'avait pas été empoisonné. Le mot affreux. Horrifiant : autopsie. Mon bébé chéri. Ma fille, mon rêve interrompu. Que nous est-il arrivé ?

Quand donc avais-je commis une action si horrible pour qu'on me coupe en deux et pour toujours ? La veille, dans le jardin de la *Villa Borghese* où nous attendions sa grande sœur devant la sortie du lycée français, elle était là, souriante et paisible. Ses yeux confiants rivés aux miens. Ses mains accrochées à moi pour se tenir debout. Le soleil, à travers les arbres, gagnait du terrain. Sur ses cheveux. Sur ses jambes nues et dans la clairière. Elle portait une robe jaune achetée à Madrid... Parfois, à genoux devant le tiroir ouvert de ma commode japonaise, je glisse ma main. Sous un amas de pulls, je trouve la petite robe jaune que j'étale sur mes cuisses. Je la touche. Je la regarde...

Jean-Louis se plaint dans son sommeil. Je le serre dans mes bras un moment. Quand ses plaintes cessent, je me lève, décidée à aller reprendre Pauline à l'hôpital. Dans l'entrée, Gite a dressé son lit sur l'étroit canapé. Elle ne dort pas. La lumière répandue sous l'abat-jour éclaire son visage grave et doux. Elle pose son livre sur les draps. Me demande d'une voix calme où je vais. Je parle de l'autopsie. Qu'au moins, pendant ce temps, je tienne la main de ma fille. Gite m'écoute dans la nuit...

Le matin, quand Marie se glisse sous les draps entre nous deux, Jean-Louis lui dit de sa voix la plus douce, qu'avant on avait l'habitude de vivre tous les trois et que c'était très beau... Il y avait eu Pauline. On était devenu quatre. À présent, on devait reprendre l'habitude d'être trois. Elle demeure un instant silencieuse. Elle serre contre elle le minuscule cocker que Bernardo et Paola lui ont déniché je ne sais où, en pleine nuit. Puis elle me demande pourquoi j'ai laissé les docteurs tuer sa sœur.

Ce jour-là... ou bien était-ce un autre ? Le temps a lui aussi disparu, ta voix au téléphone. Tu es quelque part aux États-Unis. Des années plus tard, tu m'as avoué avoir composé le numéro dix fois avant d'avoir le courage de me parler. Tu dis : « Alors ? Tu n'es pas contente ? » Contente. Ce mot-là, pour un instant, m'a ramenée sur terre. Quand on est petit, on n'est pas content, mais on sait que ça va passer. Que c'est pas pour toujours. « Tu n'es pas contente. » C'est ta tendresse à toi. Si on n'est pas content, c'est qu'on vit encore. Même si ça paraît impossible. Même si on vient de rencontrer le point de non-retour. Tu avais raison. Je vivais quand même.

Chacun exprime son émotion à sa manière. Maman ne dit rien. Elle pose sa main fraîche sur mon front. Comme quand, enfant, j'avais de la fièvre. Huguette me conseille d'aller sur une route brûlante pour casser des pierres. On est assises sur un muret qui domine la *piazza di Spagna*. Elle regarde les marchands de fleurs installés sur les marches du bas. Serge est là. Il est resté présent tant qu'on a eu besoin de lui. Longtemps. Lilou m'a dit de regarder des arbres. J'ai essayé. J'ai obéi à tout sans oser avouer que je ne comprenais pas pourquoi il fallait casser des cailloux ou regarder des arbres.

Je veux mon enfant. Dans mes bras. Ne serait-ce que pour une minute.

En équilibre sur un même fil, Jean-Louis partage tout avec moi. Soudés l'un à l'autre, on se lève peu. On se dit qu'on préfère avoir eu Pauline. Même pour si peu de temps : « Neuf mois... Non, dix-huit. Tu as raison. Dix-huit. » Mais que faire des printemps, des lacs, des rires, des rivières, des papillons recueillis pour elle du temps où j'étais enceinte ? À qui donner cet amas de trésors ? Heureusement il y a Marie. Marie a besoin de nous deux. Et nous, d'elle. Plus que jamais.

Le matin, je prends le petit déjeuner avec elle. Je sens qu'il lui faut garder une vie faite d'habitudes. J'apprendrai des années plus tard que, lucide, c'est elle qui me porte et m'apaise dans mes nuits de somnambule. Mais je ne le sais pas encore et, chaque jour, je l'accompagne à l'école. Au retour, épuisée, je me recouche auprès de Jean-Louis.

Nous quittons l'appartement de Gite. On campe dans un hôtel, *via delle Carrozze*, en attendant d'investir la maison de Marina Cicogna.

Marina, je la revois, assise sur le bord du lit de Gite. Elle me parle de Pauline. Me dit que jamais elle n'avait vu une petite fille aussi gentille, aussi douce. Trop gentille, trop douce. Pas de défense. Elle ne pouvait pas vivre. Ces mots-là m'ont fait du bien. J'ignore pourquoi. C'est curieux, les mots qui aident. On ne sait jamais lesquels seront entendus. J'ai entendu Marina. Elle m'a aidée, avec ses mots.

Simone, venue de Paris avec son foulard sur la tête, me prend la main, la garde dans les siennes. Même si, pour elle, un bébé n'est pas encore un enfant, elle nous fait sentir qu'elle est là, prête à partager.

Au début, je tâche de ne pas m'endormir. Peur d'oublier le manque. De chercher Pauline à mon réveil. C'est absurde. L'horreur, la vraie, ne nous quitte pas. Jamais. Elle veille quand on dort. Au contraire de mes prévisions, quand je rêve de ma fille, le matin, ça va mieux. Je l'ai enfin vue. Parfois même touchée. Sauf le cauchemar où elle est malade, là je n'y peux rien...

Un matin, sur le chemin du lycée français, Marie me raconte que, dans son rêve, elle m'avait perdue et qu'elle me cherchait dans une maison sombre pleine d'escaliers, de couloirs, de portes lourdes à pousser. Enfin, au grenier, j'étais là. Une Pauline dans chaque bras... *Piazza del Popolo*, elle me demande d'allumer tous les cierges de l'église. On le fait. Elle semble apaisée. Elle me dit que dans le médaillon rose de Gite, j'aurais dû mettre un œil de sa sœur afin qu'elle voie la vie en même temps que moi.

On n'est jamais retournés dans cet appartement aux terrasses ocre d'où l'on pouvait toucher le haut de la colonne de la *piazza di Spagna* et les étoiles, la nuit, quand on traînait un matelas pour dormir en plein air... Impossible de revoir le petit lit que Jean-Louis faisait rouler à toute allure, la veille, pour amuser la petite. Debout, ses mains potelées accrochées aux barreaux, elle riait à perdre haleine.

Dans cet hôtel de la *via delle Carrozze*, on a une sorte de fièvre, Jean-Louis et moi. Serge, qui fait tout comme nous, pour éviter qu'on se sente seuls, en a aussi.

Un matin, nous sommes couchés tous les trois, bardés de pulls et de couvertures. Les cheveux en désordre. Les garçons pas rasés. Clochardisés par le chagrin.

L'autre Jean-Louis, venu lui aussi apporter sa tendresse, cherche un chemin pour nous ramener à ce qui, autrefois, nous paraissait si important, à nous aussi. Sauf que là, on ne comprend pas de quoi il parle. Les mots sont vidés de leur sens. Réussite. Succès. Consécration... Ce serait joli, une petite fille qui s'appellerait Consécration... Il est assis sur le bord du lit, remarquablement bien habillé. Jean-Louis dit à Jean-Louis : « Tu as fait une année formidable. » Et il énumère sur ses doigts : « *Z*, où tu as eu le prix d'interprétation à Cannes ; *Ma Nuit chez Maud* ; en ce moment *Le Conformiste...* » Sa voix reste en suspens. Il cherche un autre film, quelque chose qui lui échappe, mais déjà Serge enchaîne sur le même ton : « *Pauline...* »

Pauline est née en janvier.

Le temps est resté un court instant suspendu... Puis, tous les trois, les trois malades, les trois affreux, on se met à rire. On en pleure. On ne peut plus s'arrêter. Les vannes de la détresse ont cédé. Rien ne peut stopper notre accès de folie... Surtout pas le regard navré de l'autre Jean-Louis.

J'entendais ta voix. Tu étais à Los Angeles. Tu disais : « À présent, tu es à l'abri, parce que, mathématiquement, chaque vie ne contient qu'une seule tragédie. » Sauf que tu n'as sûrement pas employé ce mot-là. Ce n'est pas un mot à toi, tragédie.

Une seule tragédie... On ne savait ni toi ni moi que celle d'après, ce serait ta maladie au nom de zéphyr germanique.

Une nuit, Marlone me dit au téléphone que tu n'as pas appris à te battre. Jamais. J'entends sa voix très douce. Il sent mon anxiété. Ce jour-là, je t'ai vu si désemparé. Ne sachant plus que faire, je l'ai appelé à l'aide. À Los Angeles, je suis tombée sur sa secrétaire et il a tout de suite rappelé. À ce moment-là, nous n'avons aucune certitude et je lui confie ton désarroi, ta difficulté à trouver du travail. On s'est parlé des heures... Alors, pourquoi lui ai-je caché tes absences, tes trous, tous ces vides ? Je ne sais pas... Peut-être la peur de les rendre encore plus vrais. L'obscur désir de te protéger. De quoi ? De qui ? Je ne sais pas pourquoi je ne lui ai rien dit. C'était idiot de ma part. Il aurait compris. Ce jour-là, il n'a pas su et m'a assuré que tu t'en tirerais, comme d'habitude.

Longtemps, les médecins nous ont affirmé que ce n'était pas *ça*. Que ça se verrait, sinon. Ça laissait des traces visibles.

Et puis, il y a ce dernier scanner où tu as si peur. Tu es blême en sortant du tunnel. Heureusement, Huguette est là. Elle sait te calmer. Elle te déclare que tu as bien raison, ce machin-là est horrible. Elle te promet que plus jamais... Tu l'écoutes, encore attentif. Capable d'attention. Ils ont de la chance, ceux qui ne connaissent pas tout ça.

Le résultat, on nous a dit que ce serait pour un peu plus tard. Ils doivent avoir décidé d'épargner au maximum l'entourage proche. Les familles. Gagner du temps. Laisser l'idée faire son chemin... Le lendemain, au téléphone, la psy que tu aimais bien a même attendu que ce soit moi qui prononce le mot.

On dit : courage, serrer les dents, accepter. Incapable de tant d'abnégation, je m'écroule dans les bras de Fanny, qui est là. Elle me berce. Me parle. Elle a dû prononcer ces mots balbutiants, toujours les mêmes. On les entend sans comprendre. Ils pourraient être dits dans n'importe quelle langue. C'est le ton qui compte. La présence. Le toucher.

Tenter de porter à deux un fardeau trop lourd pour un seul. Cette nuit-là, Alain me garde serrée dans ses bras, sans rien dire, sans s'endormir. Lui si bavard, comme il sait bien se taire.

Toi et moi, nous effectuons les démarches pour ta retraite. Il faut que tu sois présent, que tu signes des papiers. Au début, tu refuses. Je dois t'expliquer que c'est normal, c'est ton argent. Tout de même, ça nous fait un drôle d'effet. Ce mot : « retraite », qui revient sans cesse dans la bouche des préposés, n'a rien à voir avec toi. Ils nous connaissent et sont gentils, mais les locaux nous donnent le cafard. Tu veux tout le temps qu'on s'en aille. En sortant de ces bureaux, on fait des trucs pour nous changer les idées. On va boire un coup à la terrasse des Deux Magots. On achète des tubes de peinture et des feuilles d'or dans la vieille boutique sur les quais, près de la rue des Beaux-Arts. Un jour, nous allons à une exposition Géricault au Grand Palais. Tu as toujours aimé aller aux expos. Comme il y a du monde, nous commençons par le premier étage. On déteste ensemble les visages terribles aux regards vides devant lesquels on ne s'arrête surtout pas. Je m'en veux de t'avoir amené là, mais, en bas, les chevaux me rassurent. Je tente d'attirer ton attention sur eux. Pour me faire plaisir, tu acceptes de t'arrêter. Je regarde les croupes luisantes et fermes, quand j'entends ta voix. Debout, mains derrière le dos, l'air appliqué, tu lis tout haut les extraits de catalogue inscrits en gros sur les cimaises. Les gens sont surpris, mais personne ne t'interrompt.

Tu sais encore lire.

Il y a des choses qui ne se perdent pas. Elles survivent aux déménagements, aux changements de lieux, de vie. On ne sait pas pourquoi celles-là plutôt que d'autres. C'est comme ça. C'est le hasard. J'ai un vieux dossier jaune sur lequel est écrit en lettres gothiques : « LE CADEAU » et en tout petit : « Il a été tiré de cet ouvrage un exemplaire numéroté de 0 à 1 sur papier Exhordrion, illustré par Christian. » À l'intérieur, cinq grandes pages de parchemin sur lesquelles Huguette a écrit pour moi une nouvelle : *Le Cadeau de la petite fille de neuvan*. À Nice, dans le lit de maman où je passe ma convalescence, mille fois j'ai lu la nouvelle de Huguette. Mille fois, regardé tes dessins. Tu as illustré : « Dieu, navré d'avoir tout créé si vite, constate, un doigt dans la bouche, qu'il n'a plus le moindre atome de beauté au fond de ses pots vides pour la petite fille de neuvan... La fillette, des fleurs dans ses cheveux, tient à bout de bras le vase où chancellent des poissons rouges... L'ange du rêve, léger comme une vierge d'Israël, baisant les pieds de la fillette... »

Je me souviens de quatre trésors durant cette convalescence : ce cadeau-là pour mes neuf ans, une *Vie de saints*, à la lecture de laquelle je suis tombée amoureuse de François d'Assise, une ardoise magique avec une gare rouge et des arbres verts aimantés, et ton livre de scout, que maman avait retrouvé. Un petit volume à la couverture chinée verte et blanche, dans lequel tu avais écrit des chansons. Maman et moi, on les chantait ensemble : *La Saint-Hubert, Au soleil couchant, Seigneur mon âme t'adore...*

J'aimais bien être malade et rester à l'abri de la maison, mais, cette fois-là, j'en avais bavé. J'avais compris la gravité de mon état à la clinique, en constatant ce même geste, intriguant au début, qu'esquissaient tous ceux qui pénétraient dans ma chambre. L'air de rien, ils portaient leur écharpe ou leurs mains nues vers leur nez. Pour se protéger. J'ai mis plusieurs jours à comprendre que c'était de l'odeur de mort qui s'échappait de moi. De sang pourri.

J'ai eu neuf ans, et, avec Huguette, vous avez imaginé ce cadeau. Elle aimait écrire, tu aimais dessiner. À vingt ans, tu réalisais des maquettes de décors. C'était fascinant de voir tes grandes mains manier avec délicatesse des petits bouts de carton. Tu découpais aussi les silhouettes des interprètes. Tu as même participé à un décor pour Cocteau, je ne sais plus pour quelle pièce ou pour quel film.

On roule tous les deux vers Milly-la-Forêt.

Tu y venais parfois, le dimanche, il y a longtemps. Dans la maison de Jean Cocteau, justement. Je réprime l'envie de l'éternel : « Tu te souviens ? » qu'il vaut mieux éviter. On roule dans le village. Je te guette. Peut-être vas-tu reconnaître une rue, un banc... ? Rien. Je demande où se trouve la maison de Jean Cocteau à une dame qui n'en a jamais entendu parler. Ni de la maison, ni de Cocteau.

Peut-être n'était-ce pas là. Fatiguée, je reprends le chemin de *là-bas*.

La grille s'est ouverte. On passe. Tu te tournes sur ton siège et tu la regardes se refermer sans rien dire. Je me gare sur le parking. Tu refuses de descendre. Le soleil tape dur sur la tôle. Il n'y a pas un seul grand arbre, là-bas. Que des nains. On reste longtemps dans l'auto, tous les deux. J'ai laissé ma portière ouverte pour qu'on puisse respirer. Une fois de plus, je vais t'abandonner. Toi qui aimais le bois, l'ombre, la beauté, je te laisse dans du Ripolin. Impossible de vivre avec toi, Christian, ou alors je renonce à tout. À Alain, Vincent, Marie et ses trois fils, au cinéma... À moi, quoi. Tu ne me demandes pas de rester avec toi. Ni à moi, ni aux autres. Ce n'est pas ton genre. Tu ne demandes jamais rien. Ou peut-être que si. Après notre départ et face à plus personne, tu nous demandes peut-être de ne plus te laisser...

Il fait une chaleur à crever dans la voiture. Tu me regardes, pensif. Tu dis :

« Bon... Il faut y aller, non ?

— Ils sont gentils avec toi ?

— Qui ?

— Les filles. Ici... Les infirmières, tu sais.

— ... Oh... oui... Très gentils. Très. Ça va. Ça va. Vraiment, tu sais... Pas de problèmes... »

Ton regard me déchire. Tu tentes d'ouvrir ta portière. Je t'aide et j'ai honte.

Nous allons vers les bâtiments, du pas lent des vaincus. Tu me souris avec une gentillesse infinie. Je te prends la main. Jamais je n'aurais eu l'idée de ce geste, « avant ». Nous en aurions été tous les deux gênés. Tu n'aurais pas compris ce qu'il m'arrivait. Mais ce n'est pas ta main que je prends, c'est celle de l'enfant que tu as été.

C'est à toi que je dois d'avoir gagné très jeune ma vie. Le cinéma, c'est grâce à toi. Je t'ai toujours écouté. Je faisais tout ce que tu me disais de faire. Tu es celui qui savait. Le plus grand. Le plus intelligent. Le plus beau... Le plus amusant, aussi. Un jour, tu as décidé que je devais apprendre le montage. Tu as senti que j'étais larguée. Je ne comprenais rien. Ni à l'école, ni ailleurs. La panique s'emparait de moi dès que j'entendais mon nom. Je me savais idiote. Sur mes carnets de correspondance, les professeurs constataient mes résultats en-deçà du médiocre en soulignant que ce n'était pas ma faute. Je faisais ce que je pouvais. Au moins, mes copines cancres étaient fautives. Veinardes, il suffisait qu'« elles s'y mettent ». Moi, c'était sans espoir. Nulle de naissance. Un chromosome en moins... Ou en plus... Comme on voudra.

Je me souviens d'être restée bloquée devant la carte de France, lisant le nom d'une ville : Calais. Et, juste au-dessus : Pas-de-Calais. Faudrait savoir...

Un jour, un salaud de prof me fait monter sur l'estrade avec une autre élève. Il nous dit qu'on était, elle, le verbe Avoir, et moi le verbe Être. Puis il me demande mon nom. Je lui réponds : Nadine Marquand. Il hurle que nous sommes les verbes Avoir et Être, et me redemande mon nom. Tremblante, je réponds à nouveau : Nadine Marquand. Il me crache qu'il s'en fiche de ce nom de Martin. Pas Martin, Marquand, ai-je bégayé. J'étais pétrifiée d'horreur... J'ai mis des années à comprendre que, ce jour-là, mon vrai nom devait être le verbe Être.

Tu me dis de laisser tomber tout ça et d'apprendre le montage de films. Que c'est un joli métier de femme. Je ne sais pas du tout en quoi il consiste, mais je suis contente que tu m'aies trouvé un métier.

Tu te renseignes, tu arranges les choses et, un beau jour tu m'emmènes au laboratoire, à LTC pour y suivre un stage. Là-bas, on ment, on dit que j'ai seize ans. Tu me fais signe de me réveiller un peu. De sortir de cet état de torpeur qui s'emparait si souvent de moi durant mon adolescence. Tu expliques au directeur du labo que je meurs d'envie d'apprendre le montage, que le cinéma me passionne. Vous me regardez tous les deux. Toi, avec tendresse. Ou pitié. Les deux me vont. Je balbutie que oui, c'est vrai.

Ça l'est devenu... Après. Enfin, j'étais responsable. Je gagnais ma vie. Quand j'ai quitté la maison, j'avais seize ans. Je me sentais légère, libre, vivante. On était avenue d'Iéna, au coin de la rue Galilée. Papa a dit à maman : « Laissons-la faire. Après, elle n'aura plus jamais l'occasion de vivre seule. » Je démarrai comme assistante monteuse. Tout mon salaire passait en loyer, café, pain, beurre et chauffage central. Quand la concierge de la rue Notre-Dame-des-Champs me glissait mon courrier sous la porte, ton écriture sur des enveloppes toujours chiffonnées m'annonçait un chèque et un mot de toi. Je me souviens d'un seul, inspiré de Gérard Mille :

« Quand je pense que je dépense ce que je dépense pour que tu penses à moi... C'est impensable. » C'était la fête ! L'argent qui vous tombe du ciel glisse entre les doigts. Je me précipitais aux Puces, me payais des disques, des bouquins, un blouson de pilote américain, un béret d'occasion en velours bleu.

Une fois, tu nous as embarqués, Serge et moi, dans ta Ferrari. Direction Saint-Tropez où tu as loué une maison tout près de celle de Vadim. C'est l'année où il a épousé Annette.

Durant le voyage, tu nous racontes le film qui nous paie ces vacances. On te dit que ce scénario est sans espoir. Tu es dingue de compromettre ta carrière. Le cinéma, c'est sacré. Il ne faut absolument pas faire ce film. Tu nous le fais répéter deux ou trois fois avant de décider qu'on a raison. Tu freines, exécutes une manœuvre (c'était la nationale 7, à l'époque) et mets le cap sur Paris. Sa grisaille. On comprend et on hurle d'une seule voix : « Non, pas ça, pas Paris ! Fais-le, ce film ! Peut-être qu'on se trompe, après tout. On sait pas, nous. Et puis, c'est quoi une carrière ? » Nous étions lâches, égoïstes, et parfaitement heureux.

À Saint-Tropez, tu ne veux plus me voir dans mon uniforme jeans-pull noir et tu me déposes chez Vachon, la boutique de vêtements à la mode, en me recommandant d'être déraisonnable. Tu as ri, quand tu es venu me chercher une demi-heure plus tard, en me découvrant en vichy rose, pull bleu ciel, avec de gros paquets sous le bras. Tu as sorti de ta poche des billets chiffonnés (toujours toi) et tu les as posés sur la caisse comme pour t'en débarrasser. Je me sentais une autre. Inutile, bienheureuse. C'était l'année où on marchait pieds nus.

Vadim a un Riva en bois verni. On déjeune sur la plage de Tahiti. Vélo avec Françoise. On se fait bronzer nues, avec Sophie, sur sa terrasse. Le soir, on va à L'Esquinade. Ne buvant pas une goutte d'alcool, je m'y suis vite embêtée et j'ai un peu laissé tomber. La nuit, quand vous rentrez ivres, Serge et toi, vous venez dans ma chambre et jouez à planter des couteaux dans le mur, pile au-dessus de ma tête.

Lancer des couteaux en visant bien fait partie de notre enfance. Tout de même, je n'étais pas rassurée. Mais j'avais sommeil et pas de clé.

Et je passai de bonnes vacances.

Le fameux film qui nous a payé ce séjour, je ne l'ai jamais vu. Il est passé l'autre jour à la télévision, je l'ai enregistré et emporté à la maison de Bonifacio. Un jour que j'étais seule, j'ai regardé un petit bout du début. Des mains te sortent de la mer, évanoui. Ruisselant. Tu ouvres les yeux et découvres les trois femmes qui t'ont sauvé la vie. Tu leur souris. C'est fou, ce que tu es beau. J'ai éteint la télé.

Je le regarderai en entier, un de ces jours.

Une nuit, nous avons envie de découvrir la mer à la lumière des phares. Toi, Serge, Vadim et moi nous embarquons sur le Riva. On sort du port. La mer noire est immense. Nous bondissons de vague en vague. Le moteur a des ratés. Il s'arrête.

C'est la panne d'essence. On dérive. Dessoûlés, vous cherchez une solution. Par chance, quelqu'un nous a signalés et on vient nous récupérer...

On aime tous la mer. Quand je nage et que je la vois briller à hauteur de mes yeux, souvent je pense à toi. Tu aurais adoré la maison de Bonifacio, face à la Sardaigne, où nous allons parfois sur le bateau de Gianni.

C'est un endroit comme tu les aimais.

La dernière fois qu'on a vu la mer ensemble, tous les deux, c'est à Los Angeles. La dernière fois qu'on a vu la Méditerranée tous ensemble, c'est au chevet de papa, à Marseille. Huguette est arrivée la première. Elle a tout organisé. Nous habitons dans une maison d'amis à elle, sur la Corniche. Le matin, on se retrouve pour le petit déjeuner. Serge, toujours plus près de la bête que de l'homme tant qu'il n'a rien dans l'estomac, débarque, pas rasé, muet, hostile. Couvert de pulls. Tu l'asticotes. Les filles, on défend Serge. Tout comme avant, quoi. De vieux enfants. Ça nous aurait plu, on aurait même pu s'amuser. Mais c'est papa qui gagne. On se relaie à son chevet. Vigouroux, qui l'a opéré, nous a recommandé de ne jamais le laisser seul. On obéit. Les nuits sont dures. L'étage est celui des grands opérés du cerveau. Nous décidons de faire des quarts, comme sur un bateau. La première fois que tu te retrouves seul avec lui, papa te demande de lui donner le revolver. Dans ta tête, ça va très vite. Papa veut se suicider. Il faut gagner du temps. Le persuader de vivre. Il s'impatiente. Refuse de discuter. Désigne d'un doigt impérieux le placard de sa chambre. Tu nous as raconté y être allé d'un pas lent, te demandant comment ôter les balles sans qu'il te voie. Quand tu as repéré l'objet qui avait la forme d'un revolver (moins la gâchette), tu as enfin compris que papa voulait juste faire pipi.

Ce fut le seul épisode drôle de ces nuits-là.

Chacun a sa méthode pour tenir le coup pendant son quart. Huguette et Lilou donnent parfois un coup de main aux infirmières auprès des autres malades. Serge se cache la tête sous son oreiller, cherchant en vain le sommeil. Carol chante des berceuses à notre père. Moi, je note sur un carnet tout ce qu'il dit dans son étrange sommeil : que la vie est un livre relié d'or avec des tranches de merde... ; qu'il faut absolument ne pas oublier de leur dire que la lettre A est avant la lettre B...

Quand il se tait, je vais respirer à la fenêtre. Dehors, c'est la nuit sur la ville. Je me penche le plus possible pour aspirer l'odeur des pins dans la brise, échapper à celle qui flotte dans les hôpitaux. Chasser l'image de Pauline que je déshabille pour la dernière fois dans la salle des urgences... J'ai soif. Envie de fuir. De marcher dans les rues. D'une douche... Un matin, tôt, j'aperçois un petit chat coincé de peur sur le toit. Je l'appelle. Il vient vers moi. J'entends la voix faible de papa : « Comme j'aimerais appeler, au moins une fois encore, un petit chat, moi aussi. » Il s'était réveillé à mon insu et devait me regarder depuis un moment. Je reviens vers lui avec le chaton que je dépose sur son lit. Le petit avance d'un pas incertain, délicat, avec un miaulement étranglé. Papa a des larmes aux yeux.

Au crépuscule, on va se baigner tous ensemble, sauf celui qui est de quart, bien sûr. On nage loin. Surtout Huguette. La Méditerranée nous régénère.

La nuit, sur la terrasse, tu nous lis un livre de philosophie que tu as rapporté des États-Unis. Assis autour de toi, nous t'écoutons. La brise marine nous enveloppe. Je ne sais plus ce que disait ton livre, mais j'ai aimé ces moments. Ils nous donnaient le courage d'affronter le lendemain.

Cette fois-là, papa s'en est tiré.

Tu as appris ton métier chez Dullin.

Sur quelle scène de théâtre as-tu tenu le rôle du messager, dans *Horace* ?

Combien de répliques avais-tu dans *Quai des Orfèvres* de Clouzot ?

La première fois que tu as « fait l'amant », c'était dans *Lucrèce Borgia*, non ? C'était aussi ta première mort. Gibier dans une chasse à courre... De cela, je suis certaine.

Quand le succès a fondu sur toi, tu l'as vécu comme une chose naturelle. Tu es un jeune homme rayonnant. Sur les plateaux de cinéma, on t'aime parce que tu ris avec tous. Tu as toujours le rôle de l'amant. Celui qui passe. Qui fait rêver. Qui fait souffrir... Dans ta vie, à ce moment-là, c'est pareil. Tu ne veux pas d'attaches. Même très amoureux, tu n'envisages pas la vie à deux. Jamais. Ça te fait peur. L'idée d'une femme qui t'attendrait à la maison t'angoisse. Tu sais que tu ferais souffrir. Que ta liberté t'est nécessaire. Tu dis que tu es un chat de gouttière...

Tu roules vite. Tu as besoin de prendre des risques. Avec Vadim, vous faites des courses Paris-Saint-Tropez. Vous pratiquez aussi un jeu idiot, là-bas, qui consiste à foncer l'un vers l'autre, chacun dans sa voiture, sur la route de la plage de Tahiti, à l'endroit où un tournant prive de toute visibilité. Il y a un gros arbre au milieu et chacun ignore le côté choisi par l'autre.

Tu aimes la fête et tu enchaînes parfois des journées studieuses à des nuits blanches. Tu vis à cent à l'heure. Cigale de naissance, tu ne penses pas à l'avenir. C'est l'instant présent qui est roi. Impatient, tu ne supportes pas qu'on manque d'attention, et si on veut te faire répéter une phrase, tu réponds : « Jamais deux fois. »

Évidemment, tu as aussi des angoisses, des chagrins. Mais tu es jeune. Ta vie est devant toi et le succès vient à toi sans que tu l'aies vraiment cherché.

Ma pâtissière m'a confié l'autre jour qu'elle avait été folle amoureuse de toi. Elle a vu tous tes films et m'a récité de mémoire quelques-unes de tes répliques.

As-tu vraiment représenté un idéal ?

Es-tu un bon amant pour Martine Carol ? Bardot ? Moreau ? Lualdi ? Arnoul ? Girardot ? Seberg ? Deneuve ? Non, avec Deneuve, je crois que tu étais le mari. Il fallait bien que ça arrive...

Que reste-t-il de toi dans le souvenir des spectateurs ? Quelle image imprimée dans leur mémoire ? Tu courbes Brigitte Bardot sur un tronc d'arbre à Saint-Tropez... Dans un couloir sombre, tu tiens une lanterne qui éclaire à demi ton visage pour Maria Schell dont on devine la nuque blonde... À moitié de dos, ta haute silhouette en noir et blanc, et celle plus lointaine d'Annie Girardot qui s'éloigne dans une rue de Paris... Tu soulèves la mèche qui cache en partie l'œil de Françoise Arnoul dans les rues de Venise, l'hiver... Épuisé, tu émerges d'une piscine, le visage tiré d'angoisse et de fatigue... L'air heureux, coiffé d'un grand chapeau, tu ouvres fièrement un placard où est rangé un véritable arsenal... Deneuve voit ton désarroi mais n'y peut rien... Ton regard attentif fixe au-dessus d'une table Claudia Cardinale qui te sourit...

Ta jambe ne cesse d'enfler. Lilou, Albou et moi avons décidé de t'emmener consulter un spécialiste. Tu es content de ce court voyage en voiture, mais, une fois là-bas, tu t'énerves. Tu dérobes la casquette d'un client et refuses de la lui rendre. Tu t'échappes. Albou te rattrape. Je vous regarde depuis le perron. Il sait comment te prendre. Il est charmant. Blague avec toi. Dentiste, il exerçait à Cannes, et c'est toi qui l'as convaincu un jour de s'installer à Paris. Entre séducteurs, vous vous compreniez très bien. Il a fait la une des journaux avec sa vie de bâton de chaise. Comme toi, il est vulnérable. Aujourd'hui, il est devenu le frère, le père, le meilleur ami d'Arielle, son unique amour... Il réussit à te reprendre la casquette en te faisant rire. Mais ce n'est plus ton rire d'autrefois, et je vois dans son regard qu'il s'en rend compte.

Pourquoi ton cerveau a-t-il cessé de fabriquer les cellules contenant de l'acétylcholine ? J'ai appris dans un livre qu'elles sont un neurotransmetteur des activités cognitives telles que la reconnaissance, la mémoire...

Le cinéma, on a souvent partagé ça. Tu avais une sérieuse avance sur moi. Tu étais star quand j'étais assistante monteuse.

Une vie d'Astruc, je l'ai vécue avec toi. Je suis à la fois assistante de Claudine Bouché et stagiaire script. Je découvre la vie d'un plateau. Le soir, tu me ramènes chez moi. On parle du tournage de la journée et je découvre combien tu doutes de toi. Je te comprendrai mieux le jour où je ferai mes propres films. Tu me fais rire en me parlant d'Astruc, si distrait... On aime ce film. On est heureux d'y être ou d'en être. On a tant de projets. On est jeunes.

Quand tu réalises ton premier film, quelques années plus tard, tu me demandes de le monter. Un jour, avec

Nicole, on va vous voir à Draguignan. Vous tournez sur une place ceinte de platanes. Quand on arrive, tu m'adresses un signe complice et tu dis en chantant : « Moooteur... » Ça tourne. Tu marches au côté de la caméra, qui suit Anouk. Tu mimes avec tes bras les mouvements d'un chef d'orchestre. Tu es au mieux. C'est la vie. Celle qu'on aime... Le soir, dans ta petite chambre d'hôtel, tu me fais écouter le concerto d'Aranjuez que tu veux pour le film. Tu dis que c'est bien d'être à nouveau en bas de la pente. Acteur, ça devenait un peu trop confortable.

C'est à cette époque que tu rencontres Tina.

Pour la première fois, tu décides de vivre avec une femme. Ton angoisse de la vie à deux, Tina, sans le savoir, l'efface avec son sourire d'enfant.

Tu vis un de ces moments où tout marche. L'amour et le travail.

Ton autre film sera *Candy*, avec Brando, Burton, Matthau, Aznavour... Tu nous as tous épatés.

Un soir, à Blois, tu m'as raconté le dernier jour de tournage.

C'est toujours triste, quand il arrive. On vit dans la fiction depuis des semaines et on a conscience que, le lendemain, on va retrouver la réalité. L'amour et les enfants quand tout va bien, mais aussi les impôts, le dentiste, le frigo cassé...

Il te reste à tourner la séquence de l'effondrement du Temple. Tu sais que tu n'as droit qu'à une seule prise. Tu regardes autour de toi. L'équipe est au grand complet. Tous ont voulu assister au spectacle. Même ceux de la régie sont sortis de leurs bureaux, se tiennent massés dans un coin du plateau. Dans une sorte de brouillard, tu rencontres des regards brillants, des sourires émus. Ils sont tous là, ceux qui ont partagé ce voyage avec toi. La gorge serrée, tu demandes le moteur. Tu as voulu déclencher toi-même la chute des cinq gigantesques colonnes à l'aide d'un commutateur. Comme dans un rêve, tu l'actionnes. Ça marche. Tu regardes les colonnes s'écrouler une à une dans des nuages de cendre d'or. Tu as une impression de ralenti. Quand le bruit assourdissant cesse, tu découvres ton décor effondré. La gorge sèche, pour la dernière fois tu donnes l'ordre de couper. La dernière fois... Toutes ces dernières fois qui nous guettent... Ils applaudissent. Le dernier plan. L'écroulement du temple. La fin d'un rêve vécu à plusieurs. Ce métier où on demande à des adultes de faire semblant avec sérieux. Semblant de s'aimer, semblant de souffrir, semblant de mourir...

Terminé, ce film énorme. Fini, l'aventure qui t'a porté durant cinq ans. Selon la loi du cinéma américain, le film va désormais t'échapper.

La désillusion de le voir passer en d'autres mains n'a pas été facile à vivre.

Je crois bien que la fin du tournage de *Candy* a marqué au bout du compte le début de ta lente déchirure.

La première projection à New York a déchaîné les passions. Un homme t'a hurlé d'aller « faire tes cochonneries chez toi ». Il y a eu de chauds défenseurs, comme Antonioni, mais aussi une hostilité violente.

Meurtri, tu as quitté les États-Unis sans regrets.

En France, le film est passé inaperçu.

Tu n'as pas compris. Tu avais trop l'habitude d'être aimé. Quand tu as quitté Paris, les passants te souriaient. Te demandaient des autographes. Tu t'étais accoutumé à cet amour spontané. Or c'était fini. D'autres avaient pris ta place. C'est bizarre, les acteurs. Dans le regard des autres, vous êtes multipliés à l'infini. Privés de spectateurs, ces images s'évanouissent. Tu ne devais plus bien savoir où tu en étais. Peut-être as-tu cru que tu n'existais plus ?

La vie, tu as su la regarder, la sentir, l'écouter. Je t'ai vu rester des heures, les yeux fixés sur les étoiles. Ou debout dans des torrents glacés à attendre le passage d'une truite. Ou devant ton chevalet, tellement sérieux. C'est tout cela que je voudrais te rendre, Christian : les rivières, le tonnerre dans le lointain, les rires des enfants... Le cinéma, aussi.

En rentrant de Lisbonne où j'étais restée plus de quatre mois pour un tournage, j'ai appelé Serge. Ensemble, nous sommes allés te voir. Avec lui, c'est plus facile. De nouveau l'éternelle errance à ta recherche au long de couloirs où tes camarades d'infortune nous regardent passer. L'un d'eux agrippe Serge. Il lui demande de dormir avec lui. Sa femme l'a quitté. Notre frère lui répond gaiement, mais l'œil un peu hagard : « Mais oui, mon chéri, on va dormir ensemble. Les femmes, tu sais, c'est toutes des salopes... » Rassuré, l'homme le délivre... Nous te cherchons dans les couloirs beiges, vaguement rosés. Je sens Serge tendu, et comme je ne veux pas perdre mon compagnon de visite, je lui dis, pour le calmer, qu'on est dans un mauvais feuilleton américain. Que ce n'est pas nous. Ni surtout toi. D'un coup, à travers une vitre, on t'aperçoit. Avachi sur un fauteuil, la tête basse. Un aquarium de détresse. À voix basse, Serge me dit : « Tu te rends compte... » On pousse une porte vitrée. On te réveille doucement. Tu te lèves aussi vite que tu peux. Comme pris en faute. On reste pétrifié. Comme tu es petit, Christian ! Tout petit ! On ne comprend pas. En quatre mois, tu as perdu une trentaine de centimètres. La dernière fois, je levais la tête pour te parler. On se disait que, « en tout cas », tu étais toujours grand et beau. Qu'au moins, ça, ça restait. Aujourd'hui, tu nous regardes, un peu tordu, en levant la tête. Toi ! Cassé. Voûté. Un nain !

Serge dit : « Il est plus petit que toi. » On reste là sans comprendre. On cherche l'autre Christian. Tu nous regardes, mais c'est comme si ton reflet s'était détaché de toi. Peut-être que pour toi aussi, c'est bizarre. Mais non. Pour cela, il faudrait déjà que tu saches qui tu es et qui on est, nous. Pour toi, il n'y a plus que des étrangers partout et toujours. Les visages se succèdent, aimables ou effrayants. Parfois, fugitivement, tu « sais » et ce doit être pire... Peut-être nous cherches-tu ?

Il fait nuit. Alain dort. Il a le sommeil tendre et me garde contre lui.

Pourquoi es-tu devenu petit, tout d'un coup ?

Je me dégage doucement et sors de la chambre. Sans éclairer, je vais droit au frigo. Je mange un yaourt dans le living plongé dans l'obscurité. J'ouvre la porte-fenêtre et m'assois sur les marches. Il n'y a pas d'étoiles à Paris.

Je pense à toi, *là-bas*. À quoi penses-tu donc mon chéri, quand tu penses ? Comment nous vois-tu ? Quelle image ? Quel son ?

Peut-être parlons-nous trop fort ?

La première fois que je t'ai filmé sans équipe, c'était avec une caméra vidéo. Je devais te guetter devant la maison. Je suis sortie avec cinq minutes de retard. Marie-Laure, qui n'avait pas pu attendre, ni se garer, t'avait déposé devant la porte cochère. Quand je l'ouvre, tu t'exclames : « Ah bon ! tu es là ! » Les yeux rougis, le visage contracté, tu tournes sur toi-même, ne sachant où aller. Je m'en veux de ces cinq minutes de panique. Je t'entraîne vers la maison. Tu te balances d'un pied sur l'autre. Pour ne plus voir ta peur, je prends ma caméra et te propose, comme un jeu, de te filmer pendant que tu me racontes ce qui s'est passé. Tu comprends. Tu es d'accord. Je tourne et tu dis : « Tout allait bien quand, tout à coup, en sortant du restaurant, ils sont tous partis dans plein de voitures. Je devais aller où ? Qu'est-ce qu'on attend de moi ? Il faut me dire. Que faut-il faire ? Mais qu'attendent-ils de moi, tous ? »

Qu'attendent-ils de moi ? Cette question, lequel d'entre nous ne se l'est pas posée avec angoisse : « Qu'est-ce que je fais, là ? Pourquoi je suis venu ? » « Comment je m'habille pour aller là-bas ? Et si je n'y allais pas ? » « Je fais semblant de comprendre ou je demande qu'on m'explique ? » « Qu'est-ce que je vais lui dire ? Je n'ai rien à lui dire. Je ne le connais pour ainsi dire pas. » « Pourquoi il me fait mal ? » « Je lui dis que je souffre comme une bête, ou je la ferme ? »

Oui, mais après ? Bien ou mal, on se récupère. Je laisse tomber ma caméra. Je te souris. Nous sommes ensemble. On s'en fout, des autres. Ça va. Tu m'écoutes. Attentif comme un enfant. Tes yeux sont redevenus présents.

J'ai effacé la cassette.

J'ai retrouvé deux cassettes de films souvenirs. La première, c'est une réunion familiale, organisée de longue date par papa. Il nous avait fait jurer qu'on ne le pleurerait pas quand il mourrait. Qu'on ferait une fête. On a obéi. Nous allons, un jour de grand soleil, pique-niquer dans le parc de Saint-Cloud. Maman, revenue à Paris pour papa. Ses enfants. Ses petits-enfants et ses arrière-petits-enfants dont elle ne cesse pas de faire le compte. Tu dévores une cuisse de poulet sans dire un mot, sans regarder personne. Maman, qui ne t'a pas vu depuis des mois, ne comprend pas. Et comment pourrait-elle ? Tu étais le plus beau d'entre nous. Quand tu étais petit, les gens s'arrêtaient dans la rue pour t'admirer. Il paraît qu'ils te comparaient à un ange de Botticelli. Non seulement le plus beau, mais aussi le plus doué. À quatorze ans, quand tu as décidé de ne plus pratiquer l'escrime, ton maître est venu à la maison dire aux parents que c'était de la folie. On était très fiers. Ta passion suivante a été le cheval. Tu voulais te consacrer au dressage.

Ce jour-là, dans le parc de Saint-Cloud, maman te regarde. Elle doit chercher le Botticelli de sa jeunesse.

Quand elle est à Paris, maman dort chez moi. Ce soir-là, elle me demande ce qu'on lui cache : il a quoi exactement, son fils ? Pourquoi ne lui a-t-il pas adressé la parole de la journée ? Ce n'est pas une dépression nerveuse. Il y a autre chose. Que lui cache-t-on ?

Maman vit à la montagne. La dernière fois qu'elle t'a vu, c'est avec moi, beaucoup plus tard, quand tu es près de Milly-la-Forêt. Tu la vois et tu dis : « Hé, toi !... Dis donc... Toi... Dis donc... » Au bord des larmes, elle te sourit. Elle constate que tu as perdu beaucoup de mots. Elle ne sait plus comment te parler. Tu es un enfant de quel âge ? Nous allons déjeuner au restaurant. C'est une catastrophe. Maman ne parvient pas à admettre l'Autre. Elle ne peut pas. Elle parle à celui que tu étais avant. Ça t'énerve et, exprès, tu fais tomber ta nourriture, ta fourchette. Tu n'écoutes pas. Ton agressivité augmente. Sur le chemin du retour, détruite, maman pleure tout bas. Je passe la nuit au pied de son lit. Elle est attaquée dans son ventre. Il va lui falloir apprendre à vivre avec. Je ne sais plus ce que je lui ai dit. Ma fille sait m'aider, mais est-ce que moi, je sais aider ma mère ? Elle va avoir quatre-vingt-dix ans. Elle est vaillante, mais vulnérable. Il ne faut plus qu'elle te voie. Elle ne peut qu'en mourir plus tôt. Mais je sais aussi qu'elle ne peut pas prendre une telle décision. Alors je lui explique que, même si tu la reconnais, la minute d'après, tu auras oublié sa visite. On y va, nous. Ça suffit comme déchirures.

À la demande de Carol, nous avons fait donner une messe pour papa. On est devenus lugubres, en France, avec nos pauvres messes sans mystères, où l'on s'ennuie à périr. Toi aussi, puisque tu demandes à Serge ce qu'on fait là... Fini les chasubles chatoyantes, les surplis blancs sur les soutanes rouges des enfants de chœur, la somnolence dorée... Sur l'autel, une photo où papa nous sourit. Je ne suis pas triste. Papa ne regardait plus rien. N'avait plus d'envies. Récemment, assise auprès de lui, je caressais son bras maigre, les yeux sur les minuscules plaies qui constellaient ses mains. Des vaisseaux qui éclataient de vieillesse. Il a dit : « C'est trop long, tu sais. C'est beaucoup trop long. »

Je vis les choses comme il devait les voir. Comme tu les vois, toi, peut-être, aujourd'hui. De plus en plus lointaines. Un naufrage sans bateau. Je ne suis jamais allée au cimetière des marins anglais, sur cette colline, à Rome, où, dans une urne que je n'ai jamais vue, des cendres qui n'ont pour moi aucune réalité sont déposées. Ma fille est avec moi. Elle n'est pas là-bas. Parfois, seule dans la voiture, je lui parle, je ris avec elle. Moi qui oublie tous les anniversaires, je connais ses âges, sans avoir à calculer jamais. Chaque début d'année, avant le 6 janvier, quelque chose, loin en moi, me prévient de sa date de naissance. Un jour, que j'étais allée à Lyon voir Jean-Louis au théâtre, sur le quai de la gare, en attendant le train, il m'a dit : « Elle a eu vingt ans hier, tu sais... » Pâle, il serrait son manteau autour de lui comme quand on a froid... Ce doit être ce qu'on appelle ne pas faire son deuil.

Mon fils chéri, je ne l'ai pas épargné. Je voulais aller te voir. Pas seule. À la fin des visites, les départs sont trop durs. Il a senti mon angoisse et m'a dit : « Je viens avec toi. » J'ai accepté. Tu es un peu moins nain. L'autre fois, tu devais avoir une crise d'arthrose. Comment savoir ? Tu ne sais pas dire si tu as mal, si ta vision baisse, si tu entends bien. Parfois, tu piques des colères qui font peur à tout le monde. Mais sans jamais rien dire. Alors, comment t'aider ? Tu es assis dans un couloir, près d'une fenêtre. Les yeux dans le vide. On te touche. On te parle. Ça te fait plaisir de voir Vincent. Tu le regardes, souriant. Tu me dis : « Il est... Il est... Hein ? » Je comprends. Vincent est lumineux et la vie lui appartient. Comme toi, jadis... Il te sourit. Te parle avec douceur. Tu le fixes. Attentif. Tu ne comprends pas ses mots, mais tu l'observes. Et puis, ton regard s'égare. Vincent va te chercher et te trouve... Tu ne seras plus jamais comme avant, Christian. C'est fini. Il faudrait accepter. Oublier. Impossible. On pardonne, mais on n'oublie jamais. Sauf toi. Toi, tu oublies un peu plus chaque jour.

« Par un coup, par le son d'un caillou,
Par le son d'un bambou,
J'ai tout oublié.
J'en ai fini avec toute l'intelligence
qui emplissait mon cerveau
Mes complications ont pris fin. »

Tu n'es pas Kyogen. Tu n'es ni japonais, ni moine, ni même zen, hélas. Et je sens que je craque...

Je t'embrasse vite et fuis en lançant à Vincent que je l'attends dehors. Vingt minutes plus tard, il me rejoint. Met son bras sur mes épaules en m'entraînant vers la voiture. Il dit que tu es là où il faut. Tu as besoin d'être protégé. On a fait ce qu'il fallait. Il met en marche doucement, comme si le bruit du moteur pouvait m'être fatal. On roule dans les rues d'Ivry. Je regarde le profil de Vincent, ses sourcils froncés, son cou mince. Il devine tout, me prend la main, et je cesse d'être seule.

Après le pique-nique, la messe, il y a eu le Père-Lachaise. Pendant la crémation, on est assis en rond dans une lumière sale. Il fait froid. Je sors avec Serge boire un café au tabac du coin et bientôt, un à un, les autres nous rejoignent. Que va-t-on faire des cendres ? Serge a une idée de génie : Versailles. Papa aurait adoré. Entre le Roi Soleil et lui, la différence lui a toujours paru minime. On se retrouve dans les jardins de Le Nôtre, notre urne à la main. Il fait très beau. Il me semble que c'est Lilou et Huguette qui t'encadrent. Paul est dans le ventre de Marie. On le voit se dessiner sous sa robe blanche à col marin, et cette image de la vie est fraîche comme un verre d'eau. On cherche, en flânant, le lieu idéal. On le trouve. Une pelouse en pente, ceinte d'une barrière et, tout en haut, un socle sans statue attend papa. Une petite pancarte prévient : « Interdit au public, propriété privée... » Privée de quoi ? comme disait Prévert. On saute par-dessus la barrière, comme papa nous l'a appris. On dépose l'urne sur le socle. Je me place derrière avec ma caméra. C'est Huguette, au mieux de sa forme, qui met en scène. Deux par deux, les plus jeunes en premier, on remonte la pelouse verte, plonge à tour de rôle la main dans l'urne et disperse les cendres au vent. Les uns sourient, rêveurs, d'autres regardent vers le ciel, l'air de demander : « Es-tu là-haut, oui ou non ? » (Qui, d'ailleurs ? Papa ou Dieu ?) D'autres encore ont des larmes aux yeux, qu'ils refoulent de toutes leurs forces. Il me semble que Lilou a mis un peu de cendre de papa dans ta main que tu as laissée retomber, ouverte. La cendre s'est envolée. À la fin, je confie ma caméra à Benoît, à Fabien ou à Thomas, et c'est mon tour. Ce sont les deux seuls films de famille que j'ai pris. Je ne les ai encore jamais regardés. Ils sont dans le tiroir du haut de mon bureau et sur l'étiquette, j'ai écrit : « Au revoir, papa. »

Serge est venu à la maison. On avait fait le projet d'aller te voir. Il s'assoit dans le jardin, le temps de fumer une cigarette. Il regarde les roses sur le mur, dit qu'on est vraiment bien ici. Il est fatigué, Serge, en ce moment. Moi aussi, l'idée d'Ivry me pèse ; on décide de ne pas y aller. On parle de toi. Enfin, de vous deux. Vos rapports ont été fluctuants. Enfants, vous vous battiez comme des chiens. Tu avais trois ans de plus que lui, et donc le dessus, mais il refusait de l'admettre. Tu l'immobilisais par terre, un genou sur sa poitrine. Il ne s'avouait jamais vaincu et te demandait alors, d'une voix étouffée : « Tu te rends ? Tu te rends ? »... Dans la famille, ça nous faisait rire. Plus tard, vous avez été complices. Ensemble vous avez fait la fête un peu partout. À Paris, à Rome... Je connais le Christian qu'il évoque. Il ressemble au mien.

Quand on a quitté l'enfance, Serge a eu envers moi l'attitude d'un censeur rigoureux. Au contraire de toi qui me disais qu'il fallait tout vivre à fond et le plus tôt possible. Et, surtout, ne jamais être convenable.

C'est toi que j'ai écouté.

Je me souviens de ce jour, à la piscine de Villennes-sur-Seine, où je te glisse dans l'oreille : « Ça y est, j'ai un amant. » Tu commandes du champagne, sans dire à tes amis ce qu'on fête. Je te revois, levant ta coupe au-dessus des autres et me regardant dans les yeux, l'air espiègle et tendre.

Quelques mois plus tard, nous étions en vacances chez les parents à Megève. Un matin, Serge m'attaque :

« Tu as un amant.

— T'es dingue...

— Fous-lui la paix, Serge.

— Elle a un amant. J'en ai la preuve. »

Il brandit une lettre tapée à la machine et lit : *Le 3 septembre à dix-neuf heures quinze, la personne sort des studios Francœur, situés au 3 de la rue Francœur, en compagnie d'un homme. Ils se rendent en Citroën rue des Acacias, où ils se garent. À dix-neuf heures cinquante, ils pénètrent dans l'hôtel des Acacias d'où ils ressortiront à vingt-trois heures quinze...* »

J'écoute, pétrifiée. J'arrache la feuille et je m'en vais, poursuivie par Serge sous tes éclats de rire. On s'est tapés dessus, en pyjama dans la neige. Je lui en voulais à mort... Mon petit hôtel de passe que j'adorais. L'homme dont j'étais amoureuse était marié et avait une peur bleue d'aller dans ce genre d'endroit avec une mineure. Mais, têtue, je refusais le genre auberge chic de l'Ile-de-France pour couples adultères. Et dans les palaces, j'avais peur de croiser une connaissance. Avec le petit hôtel de la rue des Acacias, j'avais la sensation enivrante de me vautrer dans le péché. La phrase rituelle : « C'est pour la nuit ou pour un moment ? » m'enchantait. C'était mon secret... Enfin, c'est ce que je croyais !

Assise à côté d'Alain dans un avion qui vole vers New York, je me demande combien de fois tu as accompli ce voyage. Avec qui ? Vers quel film ? Quel espoir ? En jeans ou en flanelle ? Le regard joyeux. Toujours si content de partir. Optimiste sur ce qui t'attendait là-bas. Une femme, un film, des amis... Mais enfin, Christian, que nous est-il arrivé ? Que fais-tu dans tes murs beige-rose ? Tu marches sans fin, mais, dorénavant, tu n'as plus de but. Tu marches. Par habitude ? Parce que tu sais encore ?... Dans les rues glacées de New York, je me souviens de l'unique fois où on s'est retrouvés dans cette même ville, tous les deux. C'était l'été. Dans Central Park, les gens sommeillaient sur les pelouses à l'ombre des grands arbres. La chaleur rendait le monde souple et doux. On était là pour le travail. Tu discutais avec un metteur en scène. Je présentais un film. Dès qu'on était libres, on se retrouvait. On allait à pied dîner au Village. On rencontrait des amis à toi. Des peintres. Des cinéastes. Des traîne-lattes. Tu n'as jamais laissé l'insouciance t'abandonner, et, comme toujours avec toi, je recouvrais la mienne. Ton horreur des responsabilités, du sens du devoir, me rendait légère. Tu avais des amis partout. Un soir, Peter Zoreff nous a entraînés dans un piège, chez des amis à lui. Mortels, ses amis... Nos regards se sont croisés. Tu t'es levé et, tourné vers moi, tu t'es exclamé : « Mais on s'ennuie, ici ! Allez, viens, on se tire. » On est partis... Ce genre d'attitude, au lieu de te faire détester, provoquait l'effet contraire. Tu étais recherché, invité, fêté.

Un jour, tu m'as accompagnée chez Schwartz. Je voulais des jouets inconnus en France, pour Marie. Tu prenais les poupées dans tes bras en leur chantant des berceuses d'une voix de contralto. Tu faisais l'idiot pour me faire honte, et rire. Tu as invité à danser le clown de service qui faisait la retape au rez-de-chaussée pour attirer les enfants. Pour Marie, tu as déniché un fantôme qui poussait des cris sinistres quand on tirait sur une ficelle...

Vingt-cinq ans ont passé. On a beau être en mai, il gèle. Je suis chez Schwartz où je cherche sans toi des jouets pour les fils de Marie. Je n'ai pas d'idée. Je t'oublie et achète un tapis de notes. L'enfant marche dessus et ça fait de la musique. Je sors du magasin avec un gigantesque paquet. Il est clair qu'il ne rentrera dans aucune valise. Alain ne sera pas étonné. Méfiant à l'idée de ces achats effectués sans lui, il a voulu ce matin m'entraîner à une causerie qu'il devait faire dans un ciné. Je ne me suis pas laissée avoir. Je sais qu'il va faire un numéro très exagéré sur mon absence d'esprit pratique. Qu'il dira que, dès que je suis seule, je cherche sadiquement comment nous compliquer la vie le plus possible, et qu'en ce domaine, rien ne m'arrête jamais. Qu'il sera drôle et tendre, et plein de son amour pudique, comme à chaque fois que je fais ce qu'il ne faut pas. Je vais m'asseoir sur un banc dans Central Park, malgré le froid. Mon paquet m'encombre. Je ne vois pas les écureuils. Il n'y en a plus. Tu dois dormir. C'est la nuit à Paris... Mais peut-être es-tu éveillé. Assis sur ton lit, tu fixes le vide. Plus seul que seul. Tu te demandes où tu es, ou bien tu ne te demandes rien. Tu pisses sans le savoir et ton pyjama mouillé va te gêner. Tu ne sauras ni l'enlever, ni solliciter de l'aide.

Mon Christian, mon vieux bébé chéri, mon héros, pourquoi ne peut-on rien pour toi ?

Un homme s'est assis sur un autre banc, juste en face de moi. L'air sévère, il me regarde. J'ai envie de lui sourire. La peur m'en empêche. C'est de ta faute si parfois j'ai peur. Tu as tout fait pour, quand j'étais petite.

Tu m'as fait croire que j'étais une enfant trouvée. Cela a duré des mois. Je pleurais. Tu me consolais, me disais qu'il n'y avait pas de quoi en faire un drame. Que si papa et maman me mentaient, c'était justement parce que je pleurais pour un rien. Et c'était vrai. Impossible d'arrêter les larmes qui montaient d'elles-mêmes, à la moindre raillerie. Je sentais les commissures de mes lèvres qui se rabaissaient, malgré mes efforts pour refouler mes sanglots. Serge et toi, vous disiez que j'étais à la frontière des larmes.

Un peu plus tard, durant la guerre, il n'a plus existé pour nous tous qu'une frontière : la Suisse. On nous affirmait que, là-bas, on trouvait du tabac, du chocolat et des cigarettes. Alors, n'importe où, n'importe quand, il vous suffisait de dire : « Tabac, cigarette, chocolat » pour que j'éclate en sanglots. Dès que nous nous retrouvions seuls, tu me disais : « Mais pourquoi tu pleures ? Pas sœur par le sang, et alors ? On s'en fout... Même trouvée, on t'aime bien. » Jusqu'au jour où Huguette t'a piqué. Elle t'a engueulé avec sa belle santé. M'a rassurée. Cajolée. M'a rendu mon identité. Elle a été, durant notre enfance, une seconde mère. Sa spécialité, encore aujourd'hui, est de vouloir à tout prix prendre pour elle ce qui ne va pas chez les autres. C'est une fanatique des causes perdues.

Après la guerre, la « frontière suisse »

n'avait plus aucune magie, ce qui n'a pas arrangé mon cas. Tu as continué à me regarder fixement et en silence. Je sentais les larmes arriver. Tu ne pouvais pas t'empêcher de faire la démonstration de ton ascendant sur moi auprès de tes amis. Ils adoraient ça et te demandaient : « Allez, vas-y, fais-la pleurer ! » Je haussais les épaules. Déclarais que ça ne marchait plus. Tu disais : « Ah bon ? », en me fixant bien au fond des yeux avec insistance. Et c'était parti. Ça marchait. Il m'a fallu attendre d'avoir quinze ans pour que tu perdes ce pouvoir.

Aujourd'hui, tu l'as retrouvé, mais tu ne le sais pas. Et mes larmes sont du chagrin à l'état brut. Aucun trouble délicieux ne s'y mêle plus. Franchement, je ne crois pas que j'étais amoureuse de toi. Je t'aimais à la folie. Ce n'est pas pareil.

Tu vois, je le mets au passé, mon amour pour toi. Normal, Cricri, tu n'es plus toi. Quand je vais te voir, je te cherche en vain. L'Autre a pris ta place, et cet autre, qui t'a gommé jour après jour, m'angoisse. Je le provoque. Fredonne exprès de vieilles chansons que tu adorais. Balance des mots-clés de notre enfance. Il ne réagit pas. Ce qu'il a pour lui, c'est qu'il est très gentil et qu'il a ta gueule. N'empêche, si tu le voyais, tu dirais qu'on n'a pas de temps à perdre avec lui. Pourquoi je continue à aller le voir ? Parce que. Non, pas parce que ça se fait d'aller voir son frère. Non. Parce que, rarement, très rarement, tu me surprends...

Un jour, on est assis face à face dans un couloir, lui et moi. Lilou est partie à la recherche de ses chaussures qu'il continue à enlever avec obstination. Il doit avoir mal aux pieds. Je le regarde et me dis que je ne viendrai plus. Qu'il ne me voit pas et que tout ça me fait du mal pour rien. Alors il lève les yeux sur moi et dit : « Et toi, tu... » J'attends. C'est toi. C'est ton regard. Je te retrouve à l'instant même où je n'y croyais plus. Je te vois chercher un mot. Tu le trouves et poursuis : « Tournes toujours ? » Émue, je te dis que oui, mais tu es déjà reparti. Là-bas où je n'ai jamais mis les pieds. Là-bas où il est si triste... Tu es reparti, mais j'ai compris que je viendrais toujours le voir. Quoi qu'il arrive. Parce qu'on ne sait pas. On ne comprend pas ton étrange maladie. Lui non plus, d'ailleurs. On viendra tous. Lilou, un peu plus régulièrement. Elle ne voit pas l'Autre, elle. Ou bien elle t'a oublié, toi. Je ne sais pas. En plus, elle le voit heureux. Sauf ton regard, rien ne dit qu'elle se trompe. Ni qu'elle ait raison. Lilou viendra peut-être un peu plus régulièrement. Les autres, par à-coups... Comme on pourra.

Sur le quai de la gare, à Innsbruck, tu m'attends. Bronzé, souriant, et deux paires de skis à la main. Sur la vierge, je te vois filer devant moi. Tu cries : « Attaque. C'est de la poudreuse. » On entend le battement de nos skis. Le vent du matin nous raidit le visage mais tu aimes ça aussi. Tu trouves tout bien. Un matin, tes fuseaux se déchirent et le tissu claque sur ta jambe nue. Dans le paysage désert, on voit un homme venir vers nous, il nous fait signe de l'attendre. On obéit. Quand il nous rejoint, il sort de sa poche du fil et une aiguille. On se regarde, ravis de cette rencontre singulière. Sans prononcer un mot, il recoud avec soin tes pantalons. Son travail achevé, il nous indique d'un doigt insistant l'endroit d'où il vient. Tu dis : « D'accord, on va aller voir. » Après un dernier sourire, l'homme repart de son pas mesuré vers l'éternité. Tu lances : « À l'attaque. » Je te suis de près. L'allégresse de cette rencontre me donne de la bravoure. J'ai la même hâte que toi, et tu t'étonnes qu'une femme puisse avoir elle aussi l'envie d'aller voir ce qu'il y a de l'autre côté. Enfin, on découvre le paysage. Le soleil rouge du matin est penché sur un enchevêtrement de pics. Tu tends le bras vers la vallée cachée : « Tu vois, là-bas, c'est l'Italie... On y va ? » Un souffle de liberté nous envahit. On regarde « là-bas ».

On n'y est pas allés.

Quand tu es revenu vivre en France, tu as souvent emmené ton fils à la montagne faire du ski. Tu disais que vous vous entendiez bien. Qu'il était courageux.

À présent, Yann est un jeune homme. Il est venu avec moi voir Marie au théâtre. Je suis passée le prendre chez lui. C'était la première. Des amis curieux regardent ce beau garçon, en me demandant d'un geste du menton : « Qui est-ce ? » À la fin du spectacle, nous allons embrasser Marie et François. Nos enfants sont émus de se rencontrer. Dans les escaliers du palais de Chaillot, en repartant, Yann me dit que ma fille est triste. Troublée, je le raccompagne chez lui en pensant à elle. Il pleut. Quand je m'arrête au pied de sa maison, Yann ouvre la portière, met un pied dehors et ne bouge plus. Dans la nuit, il va longtemps parler de toi. Je l'écoute. Lui aussi refuse l'Autre. Il parle de vous deux « avant ». De vos voyages. De vos discussions... Revient sur aujourd'hui. Il t'a vu déchu et ne s'en remet pas. Il dit : « Tu te rends compte ? Voir son père comme ça... » Je pense à mes enfants et lui conseille de ne plus aller te voir. Je sais que tu es d'accord avec moi. Tu veux qu'il garde de toi l'autre image, la vraie. Je lui dis que le jour où il a besoin de toi, il peut me considérer comme son père. Ce sont des mots. Un jeune homme qui va mal ne frappe à aucune porte. Enfin, c'est rare. Quand il part, je suis des yeux sa haute silhouette dans la nuit. Il te ressemble. Tu es un petit peu là... Oui... Mais il y a l'Autre. Celui qui, là-bas, marche sans fin. Seul. Courbé. Loin de tout... La porte cochère se referme sur Yann avec un bruit sourd. La pluie n'en finit pas de tomber.

Quand vous aviez vingt ans, Maurice, Vadim, Michel et toi avez inventé un personnage. Probablement un soir de beuverie. Celui d'un homme très brillant, très vif, mais qui perd les pédales dès qu'il est question de sexe. Ainsi, durant un dîner particulièrement brillant, il discourt d'abondance de religions, d'architecture, de tauromachie, mais bientôt, sa narration dérape. S'adressant à l'ambassadeur, à qui il parle de sa « si charmaaante épouououse, aux foooormes si parfaiaiaites »... Il bifurque, perd ses moyens, glisse vers sa folie. Devient graveleux, ignoble. Et d'un coup, au milieu d'une phrase, s'immobilise, les traits figés. Foudroyé par le sommeil. Il avait un nom, ce personnage. J'ai oubliée lequel. Pourtant, je me souviens d'avoir beaucoup ri grâce à lui avec Michel et toi.

Ce n'est pas Lifang. Lifang a été inventé à la même époque, par les mêmes, plus Daniel, Pascal et quelques autres, au Silène, un petit bar de la rue François-Ier.

C'est en imaginant l'acteur Jacques Dumesnil en colonel, perdu dans la brousse, en pleine guérilla, que Lifang est né. Il s'agit d'un jeune Indochinois, dont le colonel est tombé amoureux fou. Mais amoureux honteux. Si l'histoire se sait, il se suicidera. Il se traîne dans la chaleur intenable de la brousse, ivre mort, en hurlant : « Le jeune Lifang, si jaune et *déjà poney*, me manque. Mais où es-tu jeune jaune, et qui va me guider ? En douce, la brousse me pousse, je fuis... » Lifang l'avait suivi, en se cachant de taillis en taillis, jusqu'en France. Là, il était devenu cuisinier. À table, vous l'appeliez. Lifang ne répondait pas. « Il est encore ivre mort cet ingrat ! » s'exclamait Michel.

À quelque temps de là, papa et maman avaient engagé un jeune Vietnamien qui disait s'appeler « Michel-ancien-Tao ». Il était gentil, mais n'avait pas envie de travailler, ce qui n'arrangeait pas maman. Tu l'as pris chez toi. Tu lui as confié que ton meilleur ami à l'université s'appelait Lifang ; comme il était mort, désormais, en souvenir de lui, tu l'appellerais, lui, Lifang. Pour lui ça aurait pu devenir compliqué. Mais non. Il décrochait le téléphone en annonçant : « Ici Lifang-ancien-Michel-ancien-Tao. » Tu organises un dîner avec Maumau, Michel et Marlone. D'un coup, tu t'exclames : « Mais qu'est-ce qu'il fout cet abruti ! Il a encore bu ! » Aussitôt, Michel hurle : « Lifananang ! » La porte s'est ouverte et, sous leurs regards stupéfaits, Lifang-ancien-Michel-ancien-Tao est apparu... Vous adoriez ce genre de blagues.

L'amitié tenait une grande place dans ta vie. Comme toi, comme Gégauf, Maurice était un jeune homme définitif. Lui aussi aimait le rire et la fête. Je me souviens d'avoir dansé avec lui toute une nuit à Juan-les-Pins. Juste pour le plaisir de bouger en rythme, dans la chaleur de l'été... Un jour, il s'en est allé avec son élégance naturelle. Jusqu'au bout et pour tous ses amis, il a nié sa maladie. Un prince a donné pour lui une messe. À la sortie de l'église, on s'est retrouvés dans un bistrot. Vous aviez les yeux rouges. Des gueules d'orphelins.

Vincent a cinq ans. Nous sommes à Valsaintes en Provence, dans une vieille bâtisse que vous avez louée, Gégauf et toi. On s'amuse bien. Un jour, en sortant d'un musée, Paul ouvre son blouson dans lequel il avait, avec ta complicité, camouflé une petite jarre. Je vous traite de voleurs, et pour me prouver que je ne vaux pas mieux que vous, vous me l'offrez... Le soir, bien emmitouflés, on s'allonge dans la prairie, les yeux rivés sur le firmament. Vincent s'assoupit dans mes bras. Paul nous dit les noms des étoiles. Parfois il ne peut retenir un rire secret et tu m'avertis : « S'il rit, c'est qu'il triche, le salopard ! » Le matin, sous ma porte, je trouve parfois, glissée une feuille de cahier d'enfant sur laquelle Paul a écrit un faux proverbe chinois, ou un poème.

Un soir de Noël en Norvège, dans un

paysage à la Walt Disney, près du sapin de guirlandes et de bougies, il s'est fait poignarder par sa femme... Tu me dis : « Ce n'était pas le premier coup de poignard. Il a dû la pousser à bout, exprès... Quand on parlait de la vieillesse, il disait toujours : "Ah ! mais quelle horreur ! Ne parlons jamais de ça, s'il te plaît !" »

Maurice... Paul... Ça crée des vides.

Carol et moi, on va te voir. Tu regardes des lapins dans un des patios. Ça nous fait plaisir que tu regardes quelque chose. On s'assoit avec toi sur un banc, au soleil. On ne reste pas longtemps. Peut-être à cause de moi.

On s'arrête à la terrasse d'un café, avec vue sur les voitures. On parle de toi. Son frère est différent du mien. Quand elle est née, tu ne vivais plus avec nous. Tu es venu à la clinique, le jour où maman a accouché. Tu as joué au jeune GI retour de la guerre, qui a vu des massacres, des bombardements, des atrocités... Mais bien qu'aguerri, très gêné de voir sa mère après ses couches. Comme dans les films de l'époque, tu tripotes ton chapeau, l'air intimidé, en considérant tout, sauf l'enfant et sa mère. Tu balbuties en imitant l'accent du Sud : *« I mummy... So... I've an other sister now... OK... That's fine. »*

Maman rit dans son lit. Son nouveau-né dort. Son grand fils est là. Elle est heureuse... En apprenant qu'elle était enceinte, tu avais dit à Huguette : « Mais ils font encore l'amour, nos parents ? c'est dégoûtant... »

Carol n'a pas connu tes vingt ans.

La dernière fois que tu m'as proposé de la drogue, j'ai refusé. Ce jour-là, tu as été grandiose.

J'avais fait une grossesse extra-utérine. J'étais à la clinique, et tu as débarqué avec une petite valise de cuir. Tu l'as ouverte : bien rangée, comme seul un célibataire peut le faire, elle contenait un échantillon complet de tout ce qui existait en matière de drogues. Très Père Noël, tu m'as dit : « Tu choisis. » Celles que j'avais ingurgitées pour dormir le temps de cette longue opération étaient encore trop présentes en moi. Je pouvais à peine boire un verre d'eau. Tu as compris mais tu as beaucoup regretté.

Remarque, moi aussi.

Je me souviens d'un trip à l'acide. Pour Jean-Louis et moi, c'est une première. On se regarde avant d'avaler le truc. On a la trouille. Tu lances : « Retour *open*... » Un peu plus tard, dans la soirée, la pluie frappe sur les vitres. Tu parles de Marlone. Ton visage vogue... Il va de la vieillesse à l'adolescence. Tes yeux cessent de t'appartenir. Des cristaux dans l'espace. Je te dis que je vois tes yeux vivre leur propre vie. Tu me réponds : « Ah, ça te fait ça ! Tu as de la chance. Moi aussi au début. Mais c'est fini... » Tu te penches, et tu prends la théière. Le thé, entre le bec et ma tasse, est un rayon d'or vibrant. Immobile. Le liquide ne l'est plus. Je n'écoute plus tes mots. Dans tes veines, je suis le parcours de ton sang. Je te perçois en dehors de toute logique. Attentive à une violence, la tienne, que je capte pour la première fois. Tu la gardes secrète. Au centre de toi, le bruit sourd des battements de ton cœur m'arrête. Je recule, afin de ne pas aller dans cet interdit-là. Tu dis : « Là, tu as tout compris... »

Qu'avais-je donc compris ?

Au début, c'était le hasch à Londres. Jean-Louis y tourne un film. Toi, tu es bloqué par le fisc que tu n'as pas payé. Tu nous inities et on découvre les premiers fous rires que provoque l'herbe avant qu'on ne s'y habitue. Tu vis dans un appartement à Kensington Road, que tu as tapissé de feuilles d'aluminium. De nouveau, tu me présentes mille amis. Vous dites que « ça » se passe ici, que New York, c'est la province... L'insouciance toujours, et cette impression légère de liberté que tu balades avec toi. Les hippies ont chassé les dandys... L'après-midi, on flâne à King's Road. Un jour, on emmène Marie avec nous. Le temps d'essayer un chapeau, et je vous ai perdus. Elle a trois ans et ne sait pas un mot d'anglais. Je cours droit devant moi, morte de frayeur. Ta voix m'arrête net. Debout sur un tabouret de *preacher*, Marie dans tes bras, tu récites avec emphase un sonnet de Shakespeare. Autour de toi, les Anglais ne sont pas surpris. Jamais les Anglais... À cette époque, tu écoutes toujours beaucoup Mozart, mais tu as découvert Bob Dylan. Tu me passes ses disques et me traduis les paroles à mesure. Je me souviens de ta chanson préférée. Il y était question d'un vagabond qui marchait à côté de ses pompes. Tu te reconnaissais. Tu disais que Dylan aussi était un chat de gouttière.

La drogue commençait ses ravages. Un de tes amis te donne du souci. Il a fait un voyage à l'acide et n'est pas revenu. Je vais avec toi le chercher à l'hôpital. Des bâtiments de brique rouge, alignés côte à côte. Pierre est maigre et tremble sans arrêt. Nous l'amenons à l'aéroport et là, il craque à nouveau. Tombe à genoux devant des policiers en hurlant. Il les supplie de cesser de faire de la magie noire. En deux minutes, on se retrouve au poste de police. Tu les convaincs de laisser Pierre embarquer. À Paris, sa mère sera là. On le vérifie par téléphone. Une hôtesse accepte de prendre ton ami en charge jusqu'à Orly. Elle lui tient la main comme tu le lui as demandé. On envoie des baisers à Pierre qui hurle qu'on les aura ! On se demande s'il parle des Allemands ou des Anglais...

Les drogues, tu en as usé et abusé. Est-ce à cause de ça ? Les médecins affirment que non. Que ça n'a aucun rapport.

Lilou est persuadée que si. Moi, je ne sais pas.

Je le regarde.

Il ne marche pas vite du tout. Pas comme toi. Ses pas sont lents. Peut-être qu'il a mal.

On ne sait rien de lui. Que voit-il quand il nous voit ?

Il comprend encore les baisers, les caresses, le chocolat...

Pour combien de temps ?

Il s'est sali. Il faut le déshabiller, le laver, lui mettre d'autres pantalons. Il refuse de toutes ses forces. J'essaie la douceur pour le convaincre, mais il ne m'entend pas. Il n'entend plus personne. Humilié, il repousse en aveugle ceux qui l'approchent. Ses pieds raclent le sol. Il est fort et ils doivent s'y mettre à plusieurs pour l'emmener. Ils disparaissent tous derrière une porte.

J'ai beau me boucher les oreilles, je t'entends hurler.

Un jour, tu m'as dit que les femmes étaient intangibles.

Les hommes avaient au début d'une passion l'impression de les changer. Le passage d'un homme dans la vie d'une femme est un coup d'épée dans l'eau. Troublée pour un instant. Le cercle va s'élargissant dans l'onde, puis s'évanouit. L'eau redevient étale. Immuable. Comme si l'homme n'avait jamais donné de coup d'épée. Comme s'il n'avait pas existé.

Pourtant, Dieu sait que les femmes t'ont aimé. Aimé vraiment.

Peut-être la première de ta vie a-t-elle été maman ? Elle avait vingt ans quand tu es né. Tu l'auras bluffée, cette naïve...

Un jour, elle est passée te prendre à la

sortie du lycée, à Nice. Elle était ravissante. De loin, elle t'a adressé de grands signes et le copain qui se trouvait avec toi t'a demandé qui c'était. Tu as répondu : « Une pute... Très gentille. » Tu es allé vers elle et, sous le regard médusé de l'autre môme, tu l'as prise par les épaules, et vous vous êtes éloignés vers la voiture où papa vous attendait un peu plus loin.

Un jour, tu avais dans les trente ans, tout allait bien, tu lui as offert un collier de perles.

Quand on était petits, une princesse iranienne venait te chercher rue de Bassano, dans une limousine interminable. Le nez collé à la fenêtre, nous te regardions la rejoindre. Tu le savais et, devant le chauffeur qui tenait pour toi la portière ouverte, tu t'arrêtais le temps de nous faire un signe espiègle et fraternel.

Puis la voiture vous emportait, vous et notre rêve.

Je me souviens du jour où, pour la première fois, tu m'as emmenée au Flore. C'était dans les années d'après-guerre. J'étais encore petite mais les images sont précises. L'image d'une fille surtout. Elle avait des cheveux longs et libres sur les épaules. C'était peut-être Gréco. Ou peut-être y en avait-il plusieurs, avec cette même allure. Je ne l'ai jamais su. Sa gentillesse m'émeut. Elle me parle comme si je faisais partie de votre groupe. Vous avez l'un pour l'autre des gestes doux. Obsédée par l'amour comme on l'est à cet âge, que l'on appelle si injustement ingrat, pour moi il n'y a eu aucun doute. Vous étiez amants. Le Flore m'a troublée. Était-ce cela la caverne du péché ?

Éliane avec ses yeux de biche et son cou de girafe nous a éblouies, Lilou et moi. Dès le jour de votre arrivée, dans une chambre d'hôtel à Megève. C'était en été. De la table de chevet, elle a appuyé sur tous les boutons à sa portée. Aussitôt sont apparus une femme de chambre, un maître d'hôtel et un valet. Ils étaient figés dans une attente respectueuse. Elle a dit : « Je crois que je voudrais un verre d'eau... » Un verre d'eau ! Et elle n'était même pas sûre d'en avoir envie. Aujourd'hui je la traiterais de capricieuse, mais à l'époque j'étais transportée. Ça devait être ça, le chic suprême. Déranger un monde fou pour un supposé caprice...

Les vacances finies, vous nous avez ramenées à Paris en auto. Éliane, probablement pour faire plaisir aux deux petites sœurs, avait décidé de pique-niquer. Ça nous a déçues, Lilou et moi. On aurait préféré le restaurant. On imaginait déjà les œufs durs et l'inévitable vinaigrette... Tu parles ! Il a d'abord fallu que le chauffeur déniche l'endroit désiré par ta folle maîtresse. Une prairie au bord d'une rivière. Très fort le chauffeur, imperturbable. Il a trouvé. Il a alors sorti du coffre des plaids, des coussins, une nappe immaculée et, pour finir, un *picnic basket* où étaient rangés des assiettes ravissantes, des couverts d'argent et des verres de cristal... Éliane nous servait avec grâce, en dardant sur notre frère ses grands yeux sombres qui n'en finissaient pas de s'étirer vers ses tempes.

Des années plus tard, on buvait tous les deux un verre dans un bistrot des Champs-Élysées quand un homme t'a salué. Vous avez bavardé. Il venait de New York et t'a rapporté des propos d'Éliane, qu'il avait beaucoup vue avant sa mort. Tu avais l'air surpris de ce qu'il te disait et, quand il est parti, tu m'as confié : « C'est idiot, si j'avais su que c'était ça qu'elle voulait, je l'aurais épousée, moi, Éliane... » Puis tu as réfléchi et tu as ajouté : « Mais non, elle était trop riche... »

C'est l'argent qui vous a aussi séparés, Nina et toi.

Il lui en fallait énormément. Elle pouvait dépenser en un jour ce que tu gagnais en un film. Je vous ai vus parfois ensemble. On aurait dit la même personne. Tu m'as raconté çà et là un peu de votre histoire... Nina est revenue un jour d'un de ses voyages mariée à son baron allemand. Elle t'assure que cela ne change rien entre vous. Tu es triste mais, comme toujours, tu minimises. Tu dis que c'est une mauvaise nouvelle... Vous continuez à vous voir et le baron n'est pas content. Un soir, dans une boîte, vous vous battez, vous vous faites virer et terminez la nuit ensemble, à la Cavalados. Ivres d'alcool et d'amour pour la même femme. Il tente poliment de t'acheter. Tu lui expliques que tu aimes vraiment Nina. Impossible de renoncer à elle. À l'aube, tu as ramené le baron à son hôtel. Vous marchiez très raides, appuyés l'un contre l'autre de peur de tomber.

Tu disais que Nina avait le génie de te surprendre. Aux lieux et moments les plus inattendus... Tu tournes loin de tout un film qui ne t'amuse pas. Le téléphone sonne dans ta chambre d'hôtel. Nina te demande si tu as envie de la voir. Tu en as toujours envie. Cinq minutes plus tard, la porte s'ouvre et elle apparaît. Neuve. Fine. Étincelante.

Nina t'a fait cadeau de sa beauté, de sa folie, mais jamais d'elle tout entière. Dans ses riches mariages, elle a cru se préserver. D'elle ou de toi ?

La vie s'est chargée de vous séparer. Bien des années plus tard, Nina s'est suicidée. Dans sa résidence suisse, aux murs tapissés de Renoir et de Matisse.

Tina a été ton bain de fraîcheur. Un cadeau de ces îles où sa mère, Maria Montez, était née. À seize ans, elle avait déjà la voix grave d'une femme. Tu l'as rencontrée dans des bureaux de production, rue Copernic. Vous ne vous êtes plus quittés. Ensemble, vous êtes partis pour les États-Unis. En arrivant à New York, vous aviez les yeux collés aux hublots, comme des enfants. Dans le désert d'Arizona, elle te regardait tourner un film d'Aldrich. Dans l'avion du retour, au milieu des nuages, tu lui demandes de t'épouser. Le mariage a lieu à Banon. Tu achètes une bergerie en ruine, que vous décidez de retaper, quand vous apprenez que vous allez avoir un enfant.

Avec Jean-Louis, nous sommes à Lambesc, et on vous rend visite. Je me souviens de toi. Regardant ta femme de loin, tu me dis que cet enfant à venir est un cadeau de la vie, auquel tu ne t'attendais plus. Tina, une de ses mains posée sur son ventre arrondi, a cet air de triomphe tendre des femmes enceintes. Tu es jeune dans tes jeans toujours un peu trop grands, la truelle à la main.

De retour à Paris, Velay, mon gynécologue, devenu celui de Tina, me convoque un jour. Il est soucieux. C'est Jacquot qui fait les radios.

Un enfant de verre... Trop tard pour avorter. Il faut attendre que Tina accouche.

Je te dis tout ça en bloc. Il fait nuit. Tu regardes droit devant toi. Dehors, les voitures glissent. Leurs phares éclairent en passant l'intérieur de la nôtre. Tu restes silencieux un long moment. On sait tous les deux que les trois mois à venir vont être durs à vivre.

Évidemment, Tina ne devait rien savoir.

C'est ce soir-là que tu m'as raconté votre rencontre, dans les escaliers de la maison de production de la Comacico.

Tu es exemplaire. Plein d'amour pour ta femme. Avec elle, tu cours les magasins. Vous achetez berceau, layette, landau. Tu ne refuses jamais rien. Meurtri jusqu'au tréfonds, je t'ai vu préparer sa valise pour la clinique : les chemises de nuit pour elle, boutonnées sur le devant afin de pouvoir allaiter, les brassières minuscules, les langes, le burnous pour le bébé. Tu étais si pâle. Tina a ri joyeusement en déclarant qu'on aurait dit que c'était toi qui allais accoucher...

Le nouveau-né n'a pas vécu. À la clinique du Belvédère, Tina égarée nous regarde sans nous voir. Sur sa table de chevet, appuyé contre la lampe, il y a un petit mot de toi : « On repart à zéro et on s'aime. » Quand vos regards se croisent, vous vous souriez bravement.

Huguette et moi allons à la mairie. Il faut annoncer la naissance et la mort en même temps. On nous demande les prénoms de l'enfant. On se regarde sans comprendre. Je ne sais plus du tout lesquels on a trouvés.

Des années plus tard, tu m'as raconté votre divorce. Nous étions Jean-Louis et moi à Los Angeles. C'était après Pauline. Quand tu nous as vus, tu nous as pris tous les deux dans tes bras. Longtemps. Sans dire un mot. C'est cette fois-là dans ma vie que j'ai le plus ressenti ton amour. Le jour où tu ne l'as pas caché.

Tu avais loué une maison à Santa Barbara. Tout près du désert. La dernière sur une falaise, dominant la mer. Tout autour de la maison, tu plantes des poteaux enrobés de grands tissus blancs et rouges qui claquent au vent, comme des oriflammes. Tu installes un télescope sur une terrasse et la nuit, nous regardons les étoiles. Il y a un ascenseur qu'on actionne à la main pour remonter de la plage à la maison. Une vieille manivelle tourne en grinçant. Ça nous plaît. Tu peins beaucoup à ce moment-là. De cette époque, j'adore ce tableau où, devant la mer, des gens minuscules s'agitent. Un oiseau plane, au-dessus d'eux.

Une nuit, on prend de la mescaline. Je regarde une photo de Pauline. Cette nuit-là, je vois ce qui me manque à jamais... Le visage de ma fille prend du relief et change. De bébé, elle devient enfant, fillette et jeune fille... Le matin, Jean-Louis s'endort sur un canapé. On lui ôte ses chaussures et on le recouvre avec un long châle indien. Nous descendons sur la plage. On atterrit doucement. Tu me racontes votre divorce. Vous êtes sortis du tribunal, Tina et toi, main dans la main, et sur tous les murs vous avez écrit : « On s'aime. » Puis, tu te tais. Nous sommes assis sur la plage de Santa Barbara, devant la mer un peu grise, comme elle l'est souvent là-bas.

Tu es toujours resté proche de tes femmes.

Je me souviens de Dominique et toi, un matin, rue de Bellechasse. Vous êtes en short blanc et espadrilles, une raquette sous le bras. Sur le front, elle porte le bandeau des joueuses de tennis, et ça lui va bien. Vous ne vivez plus ensemble, mais vous avez gardé l'envie de vous voir. Tu m'as raconté qu'un jour, en rentrant des États-Unis, tu avais été heureux qu'elle vînt t'attendre avec Yann, à l'aéroport. Une impression de retrouvailles. De famille enfin réunie. C'est seulement après dîner, quand sur le trottoir devant le restaurant elle t'a dit au revoir, que tu as compris que votre histoire était vraiment finie.

Des années plus tôt, je reconnais ta voix au téléphone. Ta voix des jours heureux.

J'entends des rires. Mêlés aux tiens, ceux plus lointains d'une femme. Tu me dis que la veille tu as rencontré une fille à la peau transparente. Elle affirme me connaître très bien. Elle s'appelle Dominique... Dominique... Tu fais semblant d'avoir oublié son nom. Tu demandes, Dominique comment ? J'entends sa voix te répondre dans un éclat de rire : « Sanda ». C'est vrai que nous nous connaissons bien toutes les deux.

Tu lui projettes *Candy*. Tu me racontes qu'en sortant de la salle elle a planté ses yeux dans les tiens et t'a dit que tu étais un grand. Les femmes savent d'instinct panser les plaies les plus profondes.

Quand Dominique attend Yann, tu lui caches ta peur. Tu me dis que tu te réveilles la nuit, en sueur. Le souvenir de ton premier enfant est présent en toi. Tu croyais avoir oublié, mais les pires images sont indestructibles. Je te répète tes mots. On ne vit pas deux fois le même cauchemar. Mathématiquement, tu es à l'abri.

Je n'oublierai jamais vos deux visages penchés sur votre nouveau-né. Vous vous regardez. Elle te sourit. Tu lui dis :

« C'est Yann, non ?
— Oui. C'est Yann... Yann... »

Vous êtes isolés, comme on l'est quand ça va vraiment bien.

Le soir, pour fêter la naissance de ton fils, nous faisons un dîner de famille dans un restaurant des Halles. Tu es de nouveau jeune, beau et triomphant ce soir-là. Le lendemain, Dominique me confie qu'elle a voulu te faire ce cadeau. Elle savait qu'il te fallait un enfant.

À sa sortie de clinique, tu emmènes ta famille dans une maison louée à Saint-Léger en Yvelines. Tu n'as pas eu le temps de tout aménager et ça t'inquiète. À tort. Assise sur une malle en osier, son bébé dans les bras, Dominique regarde autour d'elle, les caisses à demi-ouvertes, un vase bleu où trempent des fleurs, les cageots de légumes et de fruits achetés à la hâte. Elle dit : « Ce qu'on est bien chez soi. » Ce sens de la vie t'enchante et te rassure... Je me souviens d'un matin, là-bas. Vous êtes tous les trois dans le grand lit. Tu attrapes au vol la main de ton bébé pour qu'il ne touche pas le visage de sa mère endormie. Tu prends Yann, l'envoies en l'air, le rattrapes. Il hoquette de rire. Tu immobilises ton bras levé, ton petit dans le creux de ta main. Étonné, ton enfant te regarde.

Jusqu'au bout, les femmes t'ont aimé.

Chaque jour, Adèle va te voir. Elle rit avec toi. Te cajole. Elle dit que tu es son Christian.

Après Christine, douce, secrète, Marie-Laure a pris le relais avec sa belle santé. Grâce à elle, tu as retrouvé la neige, Positano, la mer...

Mais le brouillard est tombé sur toi.

Nous ne pouvons pas être tous d'accord, en ce qui te concerne.

Quand on a su qu'une maladie effaçait soigneusement ta mémoire, on a décidé de se réunir. Cette pieuvre géante que tu camouflais, que tu niais, était en toi. Elle s'étendait, gonflait, t'enserrait dans ses pattes. Tu te battais mais elle était plus forte que toi.

On s'est tous retrouvés dans ma cuisine. La question était : qu'allait-on faire de notre frère ? Tu ne pouvais plus vivre seul.

Deux fois déjà, on t'avait paumé dans Paris.

La deuxième en plein hiver. Tu étais avec un ami sur le quai du métro et, d'un coup, tu es remonté seul dans le wagon.

Les portières se sont refermées. Il t'a vu partir. Impossible de te retrouver...

Avec Serge, on a passé une bonne partie de la nuit à parcourir le métro par l'extérieur. À chaque station, on faisait le tour des bistrots. On posait des questions. On regardait partout. Même sous les tas de couvertures où dorment les clochards. Il faisait nuit et glacial. On savait que tu ne demanderais rien à personne. On ne se parle pas à Paris. On n'a pas le temps.

Avec Serge, on effectuait le trajet dans le mauvais sens mais ça, on ne l'a su qu'après. J'ai laissé mon numéro de téléphone aux services de recherches, à la préfecture de police. Le type était parfait. Heure par heure, il me tenait au courant. Le lendemain, sur les conseils de Marie-Laure, j'ai demandé de l'aide à la télé. Dans son journal, Poivre d'Arvor a parlé de ta disparition et diffusé ta photo. C'est grâce à ça, grâce à lui, qu'après trois jours et trois nuits une dame t'a reconnu. Elle a prévenu un flic qui se trouvait dans le coin. À deux heures du matin, ils m'ont appelée du commissariat. Serge est venu me prendre et on est partis te chercher. Dans la voiture, on s'est dit qu'on ne te poserait aucune question. Il ne fallait surtout pas te troubler.

Dans une pièce blême, tu es assis. Pas rasé. Les traits tirés. Ton manteau est froissé. Tu as l'air de trouver normale cette rencontre dans un commissariat à trois heures du matin, avec ton frère et une de tes sœurs. Quand tu nous vois (à ce moment-là, tu nous reconnais encore), tu te lèves en t'exclamant : « Ah ! Vous voilà enfin ! »

Dans la voiture, oubliant nos belles promesses, Serge et moi te pressons de questions :

« Où étais-tu ?

— Oh ! un peu partout...

— Où as-tu dormi ?

— Ben, çà et là...

— Tu as mangé ?

— Bien sûr, oui.

— Quoi ?

— Mais... ce qu'on m'a donné.

— Qui ça « on » ?

— Une dame... Il y a des gens gentils, tout de même... »

Voilà. C'est tout ce qu'on a su de toi.

De ta vie durant ces trois jours et ces trois nuits.

Dans ma cuisine. Il fallait « prendre une décision ». Serge et moi, on a évoqué la seule éventualité qui nous semblait possible, parce que la plus fraternelle. La plus tendre. Celle qui te ressemblait. Celle aussi que l'on souhaiterait pour nous. Ta vie n'en était plus une. Il fallait donc arrêter. C'était l'unique moyen de te protéger de toute cette horreur.

Silence. Puis Lilou nous a demandé si ce n'était pas plutôt nous que nous cherchions à protéger. « Si. Aussi. » Elle avait raison. On n'en avait pas honte. On n'en pouvait plus de chagrin. Et puis, nous, à ta place, on n'aimerait pas que ça traîne.

Nos plans étaient différents à Serge et à moi.

Michel, mon ami perdu, disait toujours : « Si je partais pour dix ou vingt ans, je suis certain qu'à mon retour je retrouverais Anouk toujours aussi belle, Annie au milieu de ses valises et au bord d'avoir des millions de dollars, et Nana, heureuse... »

C'est parce que j'aime la vie que je ne

supporte pas qu'elle devienne morne et contre nature. Je rejette comme je peux ses gâchis, ses détournements, ses mauvaises fins. Nous en avons souvent parlé ensemble toi et moi. On était d'accord.

Mon plan était simple. On t'emmenait à Saint-Tropez. La frivolité du lieu était indispensable. On louait un Riva. Comme celui de Vadim, avant. En bois avec des coussins jaunes. On allait vers le large. Là, on s'arrêtait. On te donnait un tas de somnifères pilés dans une purée. Tu aimes beaucoup la purée. On buvait tous du champagne. Beaucoup de champagne. Toi aussi bien sûr. On attendait que tu t'endormes. Quand on était certains que ton sommeil était profond, on te déposait dans la mer. La Méditerranée, on l'aime tous depuis tout petits. Elle n'est pas notre ennemie. Elle est notre mer à tous. Tu te noyais en dormant. Sans souffrir. À la Viking. Excepté le feu dans la barque...

Le plan de Serge était extraordinairement compliqué. Normal pour Serge. Il fallait une organisation d'acier. On partait tous pour la Laponie. Là-bas, on louait des traîneaux à rennes. Cette course dans la neige devait te plaire. Loin de tout, on creusait un igloo. On faisait un grand festin en veillant à ce que toi, tu ne prennes pas d'alcool. Nous si. Avec toi, on fumait de l'opium. Ceux qui voulaient bien sûr. Pas tous. Pas Lilou. Pas Huguette. Plus Carol. Mais que tu fusses heureux était important. Dans la nuit, on sortait marcher par moins quarante. Grâce à l'alcool, nous on tenait le coup. Pas toi. Il fallait te laisser t'endormir. Dans la neige, les poumons gèlent. C'est radical. Et on ne souffre pas.

Le silence qui suivit nos deux exposés parlait de lui-même.

Nos sœurs devaient s'inquiéter pour nous. Carol hochait la tête, en lissant d'un geste machinal sa longue jupe bleue. Lilou, très droite, le regard lointain, observait un silence remarquable.

Avec courage, Huguette a pris la parole. Elle et toi avez partagé enfance et adolescence. Vous étiez « les deux aînés » quand nous étions « les trois petits », avant la naissance de Carol. Elle sait sur toi des choses que nous ignorons. Alors, nous écoutions, attentifs. Elle était impartiale et posait des questions essentielles : avait-on le droit ? Et si tu avais « encore » des instants de joie ? Enfin, étant la seule de nous à avoir un passé politique sérieux, elle fit savoir qu'elle se rangerait du côté de la majorité.

Lilou ne disait toujours rien. Carol s'y est mise. Elle est pas mal dans le cosmos. Ça doit être dans nos gènes. Elle est la seule à ne pas avoir été élevée selon les rites de notre sainte Église. N'a pas connu l'ivresse des odeurs d'encens, les chants hypnotiques en latin, le calice d'or que le prêtre, dos aux fidèles, élève au-dessus de lui, le son aigre de la clochette...

Vers la quarantaine, elle s'est convertie. Elle a donc évoqué Dieu. Le respect de la vie. Tout ça... Elle n'a pas eu le temps d'apprendre que le blasphème fait partie intégrante de la religion. Alors, on n'a rien dit.

Lilou, qui avait observé le silence depuis le début, nous a regardés un à un, afin d'être bien certaine qu'on avait « tout dit ». Quoiqu'elle vive sur son nuage galonné de soie, Lilou est persuadée d'être la plus réaliste de nous tous. Avec calme, elle nous a demandé à Serge et à moi comment on *savait* que noyade et paralysie des poumons étaient indolores ? Comment on *était si sûr* que tu n'avais plus jamais aucun moment de bonheur ?

C'est vrai que l'idée du bonheur est différente pour chacun de nous. Quand tu bois, l'air éperdu, en tenant très fort ton verre entre tes mains, Lilou a un rire heureux et nous fait remarquer combien tu aimes tes grenadines. Moi, ça me donne envie de pleurer.

Nous étions tous les cinq autour de la table de la cuisine.

Tu nous manquais.

Quand j'étais jeune et fougueuse, et tout le temps amoureuse, je pensais que je grandissais vraiment. Même, et surtout, quand j'étais triste. Vivre était souffrir. Je ne savais pas encore que chercher la douleur était un luxe. Aujourd'hui, si je pense à mes seize ans, je me souviens de m'être cognée à l'attente. Cependant, ce ne sont pas mes amoureux qui m'ont montré le chemin, ce sont mes amis. Tu l'avais prédit mais je ne te croyais pas. Aujourd'hui, quand Michel me manque, quand je ris avec Annie, je sais que tu avais raison.

J'ai eu beaucoup de chance d'avoir des amis adultes mais plus enfants que moi quand j'avais quatorze ans. Prévert et Lou m'ont appris la légèreté. Jean le contraire.

À Saint-Paul-de-Vence le soir, Prévert, complètement saoul, hurlait dans les gouttières : « Allô ! Allô ! braves gens... Méfiez-vous ! Il y a de la merde dans vos tuyaux ! » On prenait la fuite en riant. On se réfugiait dans le cimetière. Jacques, debout, les bras en croix, déclamait avec emphase : « Soldats tombés à Fontenoy, vous n'êtes pas tombés dans l'oreille d'un sourd. » Parfois, il terminait là ses nuits. Ça lui plaisait de dormir sur les tombes. Il m'a fait découvrir les balades, les errances, et surtout les gens. Principalement dans ce quartier du Marais que j'habite aujourd'hui. Je le revois avec son éternel mégot au coin des lèvres, on flânait d'un lieu à l'autre, en suivant notre envie. On déboulait chez des artisans. Je me souviens de grandes plaques brillantes, jaunes, rouges, vertes, posées les unes sur les autres. C'étaient des bonbons acidulés. Jacques bavardait avec tous. Grâce à lui, j'ai su qu'on pouvait se parler sans se connaître. Rire avec des inconnus. Personne ne résistait à Prévert. C'était impossible. Il y avait un cinéma en bas de sa maison, boulevard de Clichy, qui passait des films porno. Quand il y avait la queue et qu'il se baladait avec sa fille Minette, alors âgée de cinq ou six ans, il s'arrêtait et demandait au directeur de la salle, qui était son copain, si le film pouvait plaire à sa fille. L'autre évidemment répliquait : « Mais elle l'a déjà vu ! ». Les clients étaient choqués, et Jacques ravi... Des années plus tard, dans mon premier film, il m'a fait le cadeau de dire un de ses poèmes. Nous étions Laureux et moi dans son appartement, au-dessus du moulin de la Galette. Il a poussé le tas d'images et de collages, sa passion du moment, qui encombrait son bureau. Laureux a placé son micro et la voix inimitable de Jacques s'est élevée : « Debout et nue devant le calendrier, une fille attend... Le sang... Qui se fait prier... »

Comme Jacques, Lou Bonin ex Loutchimoukov devait avoir la cinquantaine. Il a été mon complice immédiat. C'était dans un petit restaurant à Nice. Tout de suite, nous avons ri ensemble. Il m'a appris à dilapider. « L'argent ! Pffft ! ! ! » Il avait quinze ans pour toujours, Lou. Sortant d'un ballet de Béjart, il bondissait au milieu des autos, s'immobilisait sur la chaussée en hurlant, un flingue à la main, comme dans un polar. Doué d'irresponsabilité. Rien à lui... Il était tellement intime avec Dieu qu'il disait « il » quand il parlait de lui. Me traitait de païenne mystique. Mais prédisait que ça s'arrangerait pour moi.

Au bord de la Seine, il n'y avait pas encore de voies express pour les voitures. C'était un fleuve sur les berges duquel on marchait. Il y avait de l'herbe et des pierres. Nous sommes assis devant l'eau, Lou et moi. Je suis préoccupée et il le sent. En face de nous, des religieuses descendent les marches du petit escalier. Leurs cornettes volent dans le vent et Lou, pour m'égayer, dit que c'est Fellini qui nous les envoie.

La dernière fois que j'ai vu Lou, c'était en Avignon.

À l'hôpital. Tout au bout d'un couloir. Il a laissé la porte de sa chambre ouverte et je l'aperçois de loin. En pyjama blanc, il est assis sur son lit. Pas en lotus. Une de ses jambes, énorme et rouge, l'en empêche. Il la regarde et dit : « Celle-là, je la méprise ! » Il est entouré des autres malades, reconnaissant celui qui sait encore rire dans ce lieu de misère. Discrets, ils s'éloignent en me voyant. Lou me lance que sa carcasse le trahit. Et vogue la galère, on s'en fout, on a bien ri, et tant pis pour ceux qui restent... On parle. Sans faire semblant. À découvert. De l'amour. De la vie. C'était tendre. Il me racontait son mariage avec un ange. On rit en se souvenant de petits événements sans importance. La fois où il s'était mis au volant de ma quatre-chevaux, décidé à apprendre à conduire, en plein boulevard Saint-Germain. Il s'était trompé et avait enclenché la marche arrière. Il accélérait sous les hurlements d'Auria, assis à l'arrière. Je riais tellement que je n'arrivais pas à dire à Lou de lever le pied.

Juste quand je suis partie... Il m'avait accompagnée jusqu'en haut d'un escalier extérieur. En fer et plein de rouille. De là, on regarde le ciel rouge du couchant. Il dit : « Tu te rends compte la chance qu'on a... » Je sais que je ne le reverrai plus. Parfois, on sait ça. Je descends les escaliers en retenant mes larmes. Il allait mourir. Il m'entend penser et crie : « Ne t'en fais pas la païenne, on se reverra... Là-haut ! Avec Lui ! » Je me suis retournée. Dans son pyjama blanc, flottant sur son corps amaigri, il se tenait bien droit dans la lumière dorée des platanes, un index joyeusement pointé vers le ciel.

Il est dans sa chambre. C'est rare de le trouver là. On lui a ôté son lit. Il le cassait. Il y a un sommier et un matelas. Adèle les a choisis avec soin. Un paquet de biscuits ouvert sur la table m'apprend que Lilou est passée. Je regarde sa silhouette. Il me tourne le dos. Toujours voûté. Il est debout devant sa fenêtre, qu'il a déjà essayé de traverser. On a dû lui recoudre le front. Quelle volonté aveugle l'a ainsi poussé contre les vitres ? Où voulait-il aller ? Il peut marcher dans les patios s'il veut. Mais qu'est-ce qu'un patio pour lui qui aimait les grands espaces, la mer, les montagnes à perte de vue, le désert ? Je m'approche de lui. Il ne me voit pas. Ne m'entend pas. Je prends sa main dans les miennes. Il se tourne vers moi... Autrefois, à Rome, on allait au zoo voir un chimpanzé. Un jour de désespoir, le singe a pris un seau d'eau et se l'est renversé sur la tête. L'eau dégoulinait sur ses yeux malheureux... Il a le regard du chimpanzé. Il est comme lui. Il ne comprend pas. Il n'aura jamais de réponse. Moi non plus.

J'avais quatorze ans quand j'ai vu Genet pour la première fois. C'était dans l'île Saint-Louis, chez Évelyne Vidal. Il est là avec toi et Marlone. Le plus frappant est son air d'enfant. On n'y échappe pas. Il a pris mon sac d'adolescente, l'a ouvert, a sorti le peu d'argent que j'avais et l'a empoché. Vous me guettiez tous les trois, une lueur ludique au fond des yeux. Vous étiez des adultes. Pas moi. Ça me plaisait d'être avec vous, je n'avais qu'à la fermer. C'est ce que j'ai fait. En riant, Genet a remis les sous dans le sac : « C'est très bien de ne rien dire, petite. Tu es une sage. »

Il était la personne la plus réceptive à l'adolescence que j'aie rencontrée. Quand je lui ai avoué que je ne comprenais presque rien de ce qui se passait autour de moi, il m'a raconté avoir été autrefois jugé débile par des spécialistes, ce qui l'avait laissé indifférent. Il m'a dit aussi qu'il valait toujours mieux être jugé que juge. Son enfance à lui c'était orphelinat, maison de correction, prisons... Et ses rêves étaient restés intacts. Quand il parlait d'amour, il ne craignait pas d'être grave. Jamais. Rigoureux avec la langue française, il s'arrêtait parfois au milieu d'une phrase... Et attendait d'avoir trouvé le mot juste avant de poursuivre. Il m'a aidée à passer ce cap difficile où on meurt de soif d'absolu. M'a appris à ne pas refuser le chagrin. À le vivre. Pleinement. C'était deux années plus tard, une nuit à Saint-Germain-des-Prés. Je sors du Barbac avec des copains bien saouls. Jean, qui passe par là, me demande ce que je fous avec ces cons. Il pouvait être agressif. Je le savais. Je m'éloigne dans la rue avec lui. Lui raconte que je suis en plein chagrin d'amour et que sortir un peu me fait du bien. Il plante dans les miens ses yeux de gamin et me dit que je suis sotte de proférer de telles bêtises. J'ai beaucoup de chance d'être malheureuse. C'est la douleur qui fait avancer. Au lieu de chercher à oublier avec de jeunes idiots, je dois m'enfermer dans ma chambre. Seule avec ma peine. C'est comme ça que je grandirai. J'ai laissé tomber ma joyeuse bande et je suis partie m'enfermer chez moi. Un matin, il est passé me voir. Avec toi, il était le seul homme avec qui je parvenais à parler d'amour. Il est vrai que l'exigence de Jean était celle d'un adolescent. Ce jour-là, il m'a raconté avoir détruit une lettre de son amant parce que leur histoire était finie. Il ne l'avait ni froissée, ni déchirée. Il avait pris des ciseaux et l'avait découpée en morceaux. Avec soin et respect.

Voleur et généreux, il parlait souvent d'un Lucien qui avait tout le temps besoin d'argent. Il était question d'un escalier dans une maison du midi de la France. Toi et moi, on se disait qu'à force, l'escalier devait faire deux kilomètres de haut.

Un jour chez Lipp, dans l'après-midi, il vient vers moi. J'étais avec un amant metteur en scène. Je les présente et Jean lui dit que son film est nul. Que c'est *Tintin et Milou*, en plus crétin. Gamin, il me sourit en partant.

Bien plus tard, avec Jean-Louis, qu'il essayait de séduire (pour une fois j'avais eu du goût, me disait-il...), on l'a vu se ruiner pour un jeune pilote automobile. Un garçon au regard intense, marié à une Anglaise silencieuse et pâle. Après plusieurs accidents, Jackie mourait de trouille et n'osait pas en parler. Je l'ai fait pour lui. Jean a été intraitable. Je lui ai rappelé Abdallah, mort en marchant de plus en plus haut sur sa corde raide. Il a dit : « Écoute petite, moi, je ne peux pas donner la vie, seulement la mort. Je n'ai pas le choix. »

La dernière fois que je l'ai vu, c'était dans un bureau rue de Bassano. Je réalisais pour une série de télévision un portrait de Théodorakis et ne savais comment m'y prendre. Quelles questions poser ? Je pédalais dans la semoule. On est allés au bistrot. Comme toujours, Jean s'est montré clair et précis. Il m'a expliqué que mon embarras venait de ma confrontation avec un stalinien. Il a ajouté : « Un vrai, sans la fantaisie que ton père y mettait. » Prévoyant les réponses de Théodorakis, il m'a dicté mon interview.

Rassurée, je lui ai ensuite posé des questions sur lui. Il vivait dans un petit hôtel du côté de Billancourt et cherchait de l'argent pour se rendre en Grèce (ou au Maroc, je ne sais plus) retrouver son amant.

Il avait un cancer.

À Villejuif, on lui avait dit de suivre les flèches jaunes. Il avait marché sous la pluie, de flèche en flèche. Pas longtemps. Soudain, il s'était fait la réflexion que jamais de sa vie il n'avait suivi de flèche, ni jaune, ni d'une autre couleur. Il n'allait pas commencer à présent. Il était parti. Avait franchi les grilles de l'hôpital et était rentré à pied sous la pluie.

Il a payé nos cafés.

Je ne l'ai jamais revu.

Ça m'a fait plaisir que Marie ait choisi d'enregistrer des textes de Genet sur cassette. Sa voix rauque lui correspond.

Il fait gris novembre. Il faut que j'aille le voir. Sinon je vais me sentir coupable. Seule, j'ai peur de caler au dernier moment et de retourner chez moi. Ça m'est arrivé déjà. Alain sent mon désarroi et propose de m'accompagner durant le week-end.

Le samedi, on n'a pas pu. Avec Alain, quand on décide quelque chose, il n'est pas question de se dérober. On l'a dit. On le fait. Le dimanche devenait donc fatal. Il n'aime pas l'improvisation, Alain. La semaine dernière, on arrivait de Rangoon et nous étions en transit à l'aéroport de Bangkok pour plusieurs heures. Je lui ai proposé d'y rester deux jours. On pouvait pourtant... Et Bangkok, il ne connaît pas. Je lui ai raconté les marchés débordants de fleurs multicolores en pleine nuit, les moines à l'aube en longue file orange, leur bol à la main, la terrasse de l'Oriental où on boit un verre en regardant passer les bateaux sur le fleuve... Lui si voyageur n'a pas marché. Ça n'était pas prévu.

La nuit de samedi à dimanche, je n'ai pas dormi. C'était une journée sans relief. Blanchâtre. Comme d'habitude, je me suis paumée dans les rues d'Ivry. Alain, précis, honnête, stoppait devant les plans Decaux. En traînant les pieds, j'allais avec lui, soi-disant concernée. Ivry comme toutes les banlieues est pavé de sens uniques. On roulait et je regardais défiler les rues sans vie avec, chevillé au cœur, l'espoir déraisonnable que la rue de la République, l'hôpital Charlefoix et tous ses pensionnaires se seraient dissipés dans l'atmosphère. Lui avec, bien sûr. Lui avec. Et je te retrouverai intact, toi mon frère aux longues enjambées, qui me forces à courir pour rester à ta hauteur. L'insouciant. L'espiègle. Celui des rires et des fêtes. Toi Christian, toi. Pas l'Autre. Mais on trouve la rue. La porte principale. Les longs bâtiments gris. Vétustes. Celui où tu vis est neuf. Près de la voie ferrée. Tout au bout et à gauche et puis sur la droite. Labyrinthe d'ennui. De nouveau les couloirs beiges un peu rosés. Une vieille femme à moitié nue, les yeux au plafond, entrevue par la porte ouverte sur son lit de misère intime. Un homme recroquevillé geint pour personne. D'autres çà et là. Pas lui. Lui n'était nulle part. Je demande à une infirmière où il est. Elle le cherche. On apprend qu'un vieux monsieur l'a vu partir. Une fois de plus, il est sorti seul. L'infirmière prend son auto. Alain la sienne. Je préfère aller à pied. Je cours le long des bâtiments centraux, dans ces passages recouverts d'une tonnelle vitrée, construits à la fin du siècle dernier, qui donnent sur le parc. Croise des visiteurs. Personne ne t'a vu, ou c'est moi qui te décris mal. J'ai peur à l'idée que tu sois sorti pour de bon. Je t'imagine perdu dans les rues d'Ivry. Moi qui rêvais un instant plus tôt de ta disparition, je me heurte à l'envie contraire. Au désir violent d'apercevoir ta silhouette. Alain me rattrape. On roule dans Ivry. Tu es nulle part. Alain décide de retourner là-bas. Peut-être es-tu revenu. Il a raison. Au bout d'une allée de l'hôpital, on te voit, entre deux infirmières. Elles te tiennent par le bras. Tu ne veux pas rentrer. Tu es furieux. Je cours vers toi et je reçois le choc de ton regard perdu. Je prends ton visage dans mes mains. L'embrasse. Te berce et te caresse la tête. Tu dis : « Oui... Oh ! oui... Ça c'est bien... » Je me recule pour te sourire et tu baragouines sans relâche. Onomatopées de détresse... Je me souviens de François Perrot dans un film de Kosta-Gavras. Je m'étais demandé si c'était réaliste ou non. J'aurais préféré garder ce doute. Les infirmières attendent avec patience. On rentre. Alain t'aide à t'asseoir. Tu es gelé et tu bois très vite le chocolat chaud qu'il est allé te chercher. Je te parle. Tu me fixes. Muet. Intense. J'ai le cœur chaviré par ton expression. Impossible d'abattre ce mur opaque qui s'est construit au fil des ans, tout autour de toi. On se cogne à lui. Toi aussi. Tu veux nous rejoindre et on ne parvient même pas à attraper tes mains tendues... On t'a apporté un livre d'art. Content de la couverture rouge, tu la caresses. Alain te montre les reproductions. Ce sont des femmes allongées, couvertes de fleurs. Tu passes tes doigts dessus. Comme un peintre, dit Alain. D'un coup, je ne peux plus. Je me lève. Alain me dit qu'il reste encore avec toi et qu'il me rejoindra dehors. Il a compris que partir, je devrais dire fuir, t'abandonner, était chaque fois le plus dur de l'histoire.

Pour me changer les idées, Alain m'emmène dans cette construction très kitsch construite sur les bords de la Seine. On monte les escaliers mécaniques, au milieu d'une Chine de pacotille. On regarde les fausses antiquités, les robes brillantes, la cascade éclaboussant les rochers de béton. Alain me dit la même chose que Vincent. On fait ce qu'il faut. C'est très bien d'aller te voir comme ça. Quand je m'en sens capable. Comme mes sœurs et mon autre frère. Très bien qu'Adèle vienne chaque après-midi. Sa chaleur, son rire ne peuvent qu'être bénéfiques. Yann aussi vient te voir. Et Marie-Laure. On ne peut rien de plus. Il n'y a pas de cure miracle...

J'ai retrouvé un agenda que tu as oublié chez moi, un jour, dans ton autre vie.

Il date de 1986. Sur la première page tu as écrit, l'un au-dessous de l'autre : *Dirigeant* et *dirigan*. Les deux sont barrés. Tu as écrit le nom de la rue où tu habitais. Le numéro de code et (si l'un de nous était tombé sur cet agenda, ça l'aurait alerté) : « escalier gauche, dernier étage ». Ces lignes banales m'ont fait basculer. Cette peur de te perdre, comme elle a dû te chahuter. Et tu as gardé tout ça pour toi. Et si tu avais fait exprès de l'oublier ici, cet agenda ? Pour que je voie. Que je sache. Que je comprenne. Mais non, je ne crois pas... Tu t'es enfoncé dans un silence volontaire.

Quand on a compris, il était trop tard.

Il existe un médicament qui arrête l'évolution de ta maladie. Pas à tous les coups. Ils disent trente pour cent de réussite. C'est déjà ça... Il paraît qu'il fiche le foie en l'air, mais au point où on en est, hein. Après le dernier scanner, on t'a emmené voir Forette, la grande spécialiste à Paris. Elle nous a parlé de ce médicament et a expliqué que le processus était déjà trop avancé.

Le processus déjà trop avancé.

Tu étais assis en face d'elle. Aimable. Tu comprenais des trucs. Tu étais encore espiègle. Quand elle t'a demandé d'écrire quelque chose. Tu as écrit, appliqué comme un écolier : « Avec mon bon souvenir. » Souvenir, réminiscence, mémoire... Et tu as ri de bon cœur de ta blague. Nous aussi. Contents de te retrouver. Même pour un court instant.

Le processus déjà trop avancé.

Et si Forette t'avait vu plus tôt ?

C'est la première fois que j'ai eu l'impression d'avoir vraiment trahi quelqu'un.

Je feuillette ton agenda. Je lis des noms. Des amis. Des gens pour le boulot. Des titres de livres à acheter. De films à enregistrer. D'émissions peut-être. Je ne décode pas tout. Chacun ses secrets...

« Déjeuner avec Huguette et Serge. Call père... Paul et Aurore, ce soir... 1. 000 $ par jour... Tennis Yann... Courir plus vite que la beauté, pour avoir l'air de lui tourner le dos... Quelques lignes d'explication pour l'affaire... Larmes de rire. Call Vidéo clinique... Dîner Marlone... Ciré audience... BM coupé. 2. 000 CS... Déjeuner Nadine... Vacances Yann... Call Albert Kowsky... Rêveur d'Amérique, voyageur sans voiles et sans vapeurs, voyageur de l'intérieur, lisez dans vos yeux profonds, profonds comme les mers, toile de souvenirs et cache horizon, profond dans les yeux d'une femme... stash Klossowski. Fleur d'eau. 1 180 roll. Suisse... Déjeuner Carol... Ce soir cerveau... Peter Sailer... Coup de cœur... Tennis Yann... Call Nadine... À papa : j'ai dit à Favre que tu as une bonne nouvelle à lui annoncer et de t'appeler hier soir. L'a-t-il fait ? Demander à Serge... Dîner Lilou. Vingt heures trente... Et crier au secours en secret... Loto... Tournage Blois. Qui c'est ce garçon... 22 h 30 Scott Fitzgerald. FR3... Trintignant Marie chez elle (et, dessinée à côté, une portée de notes de musique). Vacances Yann. Vendre montre... Acheter cassettes. Déjeuner Albou. »

Larmes de rire est le titre d'un des scénarios que tu n'as pas tournés. « Et crier au secours en secret », la fin d'un poème que tu avais écrit à Londres. Les mots m'avaient frappée... Le nom de ton fils revient souvent.

C'est pour lui que tu t'es installé de nouveau à Paris. Dominique était parfaite, mais Yann arrivait à l'âge où un enfant ressent le besoin du père. C'est ce que tu m'expliquais dans la voiture qu'Alain, en plein tournage, m'avait prêtée.

On est en juillet. On part en vacances.

Vincent a trois ans. Il dort à l'arrière. On va chercher Yann, au Pila, chez les parents de sa mère. Maurice te prête sa maison de Bonnieux où il nous rejoindra plus tard. On rallonge le chemin en évitant les autoroutes, mais on aime mieux tous les deux. On s'échange le volant. On parle beaucoup durant ce voyage. La voiture prête aux confidences. On est enfermés, sans le regard de l'autre. Isolés. Loin du quotidien... C'est comme ça qu'on se raconte nos vies. L'amour, le boulot... Tout y passe. On parle aussi de papa et maman. Tu dis que maintenant il faut se préparer à leur mort. Avec un geste du menton vers l'arrière de l'auto où Vincent, à présent bien réveillé, nous écoute, une de ses mains, légère, posée sur mon épaule, tu ajoutes : « Pour nous, ce seront eux qui un jour devront s'y attendre. » En fin d'après-midi, on récupère Yann. Je m'endors. Plus tard, tu dis : « Là je ne peux pas faire autrement, je te réveille ! Tant pis, c'est trop beau ! » J'ouvre les yeux. Carcassonne, à l'intérieur de ses remparts, brille dans la nuit. On sort de l'auto. On chante Trenet. « Je t'attendais à la porte du garage. Tu as paru... Dans ta superbe auto. PAPA. » Quand nous arrivons au passage sur les tours de Carcassonne, les deux petits, bien réveillés, bien excités, nous rejoignent. À présent, tu tiens les bords de ta veste retroussée comme un boléro et tu claques les talons, dansant une sorte de flamenco très librement adapté. Face à toi, me prenant pour Carmen Amaya, je lève les bras au-dessus de ma tête. Nos fils, après avoir déclaré qu'on était fous, inventent eux aussi une danse. Ils étincellent de bonheur. Les yeux de Yann quand il te regarde sont comme des soucoupes... Bonnieux, ce sont des bonnes vacances pour nous tous. On fait le marché à Apt. On traîne dans des merceries qui sentent comme avant. On s'amuse bien. Un jour, tu décides de récupérer ta vieille Coccinelle verte que tu as laissée, quelques années auparavant, chez Lilou et Philippe à Saint-Antonin-du-Var. Tu as toujours adoré planquer des trésors un peu partout. J'ai un souvenir avec Serge dans les studios de la Titanus à Rome, où on a galéré pendant des heures à la recherche de malles bien remplies, après le tournage de *Candy*. On n'a rien trouvé. Une autre fois, avec toi ce jour-là, on s'est arrêtés sur la route de Saint-Paul-de-Vence. On a grimpé un talus, ouvert la porte bancale d'une cabane, ôté une énorme pierre et, en creusant, on a enfin déniché une boîte de petits bruns en fer, remplie de hasch.

La Coccinelle est là, bien à l'abri, sous des arbres. On découvre un mot de remerciement de quelqu'un qui s'est abrité là, un jour de pluie. Tu dis : « C'est bien de laisser un mot. » En pleine forme, tu recharges la batterie, changes les bougies, nettoies ta guimbarde à fond. Déclares qu'à Los Angeles tu peux la vendre une fortune ! Ça, pour le rêve éveillé, on ne craint personne dans la famille... L'autre jour, en trimbalant un immense miroir dans des escaliers, Lilou nous expliquait que ce cadeau de Chanel avait une valeur inestimable. Serge, qui suait, soufflait sous le poids du fameux objet, lui a demandé pourquoi. Paisible, elle a répondu : « Vous ne vous rendez pas compte du nombre incroyable de personnalités qui ont défilé devant lui, durant toutes ces années, chez mademoiselle Chanel... De Lifar à Cocteau, en passant par Bérard, Diaghilev, Nijinski, Picasso... Avec tous ses reflets, je le vends quand je veux une fortune, ce miroir... » Elle veut vendre des reflets, Lilou ! Et en plus, elle est capable d'y arriver. On continue à se surprendre encore, même entre nous... Serge m'a lancé un coup d'œil éloquent, et j'ai eu peur qu'il ne s'écroule avec le miroir sur le dos. Et qu'il étouffe sous tous ces reflets célèbres.

Le soir, tes phares et feux de position ne fonctionnent toujours pas. Tu refuses de dormir dans le coin. Tu ne veux rien entendre. Je n'ai qu'à rouler derrière toi en laissant mes phares allumés. Ça t'éclairera et ça empêchera les autres de te rentrer dedans. Un cauchemar. Je conduis comme je peux. Pas terrible. La nuit, je vois mal. Et tout ça avec les enfants à l'arrière. Sur les petites routes, à chaque tournant, je me demande comment tu peux, toi, y voir quelque chose. Parfois, rien du tout, m'as-tu avoué après. Sur l'autoroute, tu fonces au maximum de tes possibilités. Je crève de peur à l'idée de te perdre. Yann n'arrête pas de me dire d'accélérer. Lui aussi a la trouille. Mêlée à une grande fierté devant la témérité de son père. Vincent me défend : « Laisse maman tranquille, elle sait ce qu'elle fait. » C'est fou comme les enfants nous portent une confiance aveugle quand ils sont petits. Quand, enfin, on arrive à Bonnieux, tu sors, ravi, de ta guimbarde pourrie en disant : « Incroyable, non ? Cinq ans immobilisée dans un trou de verdure, et elle pète le feu ! »

C'était un bon voyage.

Une ou deux années plus tard, nous devions partir, avec de nouveau Yann et Vincent, pour la Polynésie, dans l'île de Marlone, qui nous avait invités. Au dernier moment j'ai dû annuler. Tu es parti avec ton fils, en me disant que j'avais tort. Que je regretterais. Tu avais raison. Je regrette.

Comme c'est loin Bonnieux.

Je t'ai vu perdre d'abord l'orthographe.

Puis tu t'es mis à sauter des syllabes.

Il ne t'est plus resté que ton nom.

Qu'est-ce que c'est que cette histoire de zéphyr germanique ? Une sale blague ? Un cauchemar ? Je vais me réveiller et te verrai penché sur tes skis que tu arrimes. Tu lèves un visage bronzé, souriant : « À l'attaque ! C'est de la poudreuse. On va foncer. » Ou bien on sera à Malibu dans une maisonnette de bois. Michèle Phillips dans tes bras. Tu ris gaiement en la regardant. Elle lève un pied gracieux pour t'embrasser et je vois que son bas a filé... Aux arènes de Nîmes, au son du paso doble, tu allumes ton cigare dans le soleil éclatant. Tu es vêtu de blanc et portes un panama. Réjoui, tu m'expliques que tu ne t'es pas trompé de cigare, c'est bien celui qui dure le temps des six taureaux. Mon frère chéri, que faut-il faire ? Comme le disait Lou, affronter l'incohérence et se battre sans crainte pour la sérénité... Je te revois un bel été, debout, rue François-Ier, dans un costume de flanelle grise, chaussé de souliers souples comme tu les aimais. Tu ris au soleil de nous voir Alain et moi, sur nos deux vélos... Je ne te reverrai vraiment plus jamais comme ça ? Comme avant ? On vit sans savoir que ce qui est vraiment important, ce sont les petits riens. Les creux. Les banalités... On ne choisit pas les images de nos mémoires. Qui donc alors ? Dieu ou le hasard ?

Serge suit un traitement qui le fatigue.

Annie est aux États-Unis. Elle me manque.

Alain travaille.

Vincent aussi. Sur un film d'Anglade.

Huguette a très mal au dos.

Lilou est au Plan-de-la-Tour.

Carol n'est pas libre.

Je suis donc allée te voir seule. Tu étais assis dans un fauteuil, au bout d'un couloir. Le dos rond, la tête basse, tu dormais. Je me suis assise près de toi. J'ai tenté un instant de lire. Le livre a glissé par terre. J'ai appuyé ma tête sur ma main et j'ai fermé les paupières. J'entendais des pas, des voix... La vie quotidienne de ce lieu, que tu ne quitteras sans doute jamais... Quand j'ai ouvert les yeux, tu ne dormais plus. Tu fixais tes pieds. J'ai dit ton nom. Tu n'as pas réagi. Où et quand as-tu perdu les clés ? Au bout d'un long moment, tu m'as regardée en silence. J'ai senti monter des larmes que je ne pouvais pas arrêter, mais ça n'avait pas d'importance. Qu'est-ce que c'est les larmes pour toi ? Je me suis penchée, et j'ai posé ma main sur la tienne. Tu as refermé les yeux. Quand je suis partie, j'ai fait attention de ne pas te réveiller. Ce n'était pas la peine.

ÉGALEMENT CHEZ POCKET
LITTÉRATURE « GÉNÉRALE »

ALBERONI FRANCESCO
Le choc amoureux
L'érotisme
L'amitié
Le vol nuptial
Les envieux
La morale

ARNAUD GEORGES
Le salaire de la peur

BARJAVEL RENÉ
Les chemins de Katmandou
Les dames à la licorne
Le grand secret
La nuit des temps
Une rose au paradis

BERBEROVA NINA
Histoire de la baronne Boudberg
Tchaïkovski

BERNANOS GEORGES
Journal d'un curé de campagne
Nouvelle histoire de Mouchette
Un crime

BESSON PATRICK
Le dîner de fille

BLANC HENRI-FRÉDÉRIC
Combats de fauves au crépuscule
Jeu de massacre

BOULGAKOV MICHAEL
Le maître et Marguerite
La garde blanche

BOULLE PIERRE
La baleine des Malouines
L'épreuve des hommes blancs
La planète des singes
Le pont de la rivière Kwaï
William Conrad

BOYLE T. C.
Water Music

BRAGANCE ANNE
Anibal
Le voyageur de noces
Le chagrin des Resslingen

BRONTË CHARLOTTE
Jane Eyre

BURGESS ANTHONY
L'orange mécanique
Le Testament de l'orange

BUZZATI DINO
Le désert des Tartares
Le K
Nouvelles (Bilingue)

CARRIÈRE JEAN
L'épervier de Maheux

CARRIÈRE JEAN-CLAUDE
La controverse de Valladolid
Le Mahabharata
La paix des braves
Simon le mage

CESBRON GILBERT
Il est minuit, Docteur Schweitzer

CHANDERNAGOR FRANÇOISE
L'allée du roi

CHANG JUNG
Les cygnes sauvages

CHATEAUREYNAUD G.-O.
Le congrès de fantomologie

CHOLODENKO MARC
Le roi des fées

COURRIÈRE YVES
Joseph Kessel

DAVID-NÉEL ALEXANDRA
Au pays des brigands gentilshommes

Le bouddhisme du Bouddha
Immortalité et réincarnation
L'Inde où j'ai vécu
Journal
  tome 1
  tome 2
Le Lama aux cinq sagesses
Magie d'amour et magie noire
Mystiques et magiciens du Tibet
La puissance du néant
Le sortilège du mystère
Sous une nuée d'orages
Voyage d'une Parisienne à Lhassa

DENIAU JEAN-FRANÇOIS
La Désirade
L'empire nocturne
Le secret du roi des serpents
Un héros très discret
Mémoires de 7 vies

FERNANDEZ DOMINIQUE
Le promeneur amoureux

FITZGERALD SCOTT
Un diamant gros comme le Ritz

FORESTER CECIL SCOTT
Aspirant de marine
Lieutenant de marine
Seul maître à bord
Trésor de guerre
Retour à bon port
Le vaisseau de ligne
Pavillon haut
Le seigneur de la mer
Lord Hornblower
Mission aux Antilles

FRANCE ANATOLE
Crainquebille
L'île des pingouins

FRANCK Dan/VAUTRIN JEAN
La dame de Berlin
Le temps des cerises
Les noces de Guernica

GENEVOIX MAURICE
Beau François
Bestiaire enchanté
Bestiaire sans oubli
La forêt perdue
Le jardin dans l'île
La Loire, Agnès et les garçons
Le roman de Renard
Tendre bestiaire

GIROUD FRANÇOISE
Alma Mahler
Jenny Marx

GRÈCE MICHEL DE
Le dernier sultan
L'envers du soleil – Louis XIV
La femme sacrée
Le palais des larmes
La Bouboulina

HERMARY-VIEILLE CATHERINE
Un amour fou
Lola

INOUÉ YASUSHI
Le geste des Sanada

JACQ CHRISTIAN
L'affaire Toutankhamon
Champollion l'Egyptien
Maître Hiram et le roi Salomon
Pour l'amour de Philae
Le Juge d'Egypte
  1. La pyramide assassinée
  2. La loi du désert
  3. La justice du Vizir
La reine soleil
Barrage sur le Nil
Le moine et le vénérable
Sagesse égyptienne
Ramsès
  1. Le fils de la lumière
  2. Le temple des millions d'années
  3. La bataille de Kadesh

JOYCE JAMES
Les gens de Dublin

KAFKA FRANZ
Le château
Le procès

Kazantzaki Nikos
Alexis Zorba
Le Christ recrucifié
La dernière tentation du Christ
Lettre au Greco
Le pauvre d'Assise

Kessel Joseph
Les amants du Tage
L'armée des ombres
Le coup de grâce
Fortune carrée
Pour l'honneur

Lainé Pascal
Elena

Lapierre Dominique
La cité de la joie

Lapierre Dominique
et **Collins Larry**
Cette nuit la liberté
Le cinquième cavalier
Ô Jérusalem
... ou tu porteras mon deuil
Paris brûle-t-il ?

Lawrence D.H.
L'amant de Lady Chatterley

Léautaud Paul
Le petit ouvrage inachevé

Levi Primo
Si c'est un homme

Lewis Roy
Le dernier roi socialiste
Pourquoi j'ai mangé mon père

Loti Pierre
Pêcheur d'Islande

Mauriac François
Le romancier et ses personnages
Le sagouin

Messina Anna
La maison dans l'impasse

Michener James A.
Alaska
1. La citadelle de glace
2. La ceinture de feu
Caraïbes (2 tomes)
Hawaii (2 tomes)
Mexique

Mimouni Rachid
De la barbarie en général et de l'intégrisme en particulier
Le fleuve détourné
Une peine à vivre
Tombéza

Monteilhet Hubert
Néropolis

Morgièvre Richard
Fausto
Andrée

Nakagami Kenji
La mer aux arbres morts
Mille ans de plaisir

Nasr Eddin Hodja
Sublimes paroles et idioties

Nin Anaïs
Henry et June (Carnets secrets)

Perec Georges
Les choses

Queffelec Yann
La femme sous l'horizon
Le maître des chimères
Prends garde au loup
La menace

Radiguet Raymond
Le diable au corps

Ramuz C.F.
La pensée remonte les fleuves

Rey Françoise
La femme de papier
La rencontre
Nuits d'encre
Marcel facteur

Rouanet Marie
Nous les filles

Sagan Françoise
Aimez-vous Brahms...
... et toute ma sympathie
Bonjour tristesse
La chamade
Le chien couchant
Dans un mois, dans un an
Les faux-fuyants
Le garde du cœur
La laisse
Les merveilleux nuages
Musiques de scènes
Républiques
Sarah Bernhardt
Un certain sourire
Un orage immobile
Un piano dans l'herbe
Les violons parfois
Un profil perdu
Un chagrin de passage

Salinger Jerome-David
L'attrape-cœur
Nouvelles

Stocker Bram
Dracula

Tartt Donna
Le maître des illusions

Troyat Henri
Faux jour
La fosse commune
Grandeur nature
Le mort saisit le vif
Les semailles et les moissons
1. Les semailles et les moissons
2. Amélie
3. La Grive
4. Tendre et violente Elisabeth
5. La rencontre

La tête sur les épaules

Vialatte Alexandre
Antiquité du grand chosier
Badonce et les créatures
Les bananes de Königsberg
Les champignons du détroit de Behring
Chronique des grands micmacs
Dernières nouvelles de l'homme
L'éléphant est irréfutable
L'éloge du homard et autres insectes utiles
Et c'est ainsi qu'Allah est grand
La porte de Bath Rahbim

Wallace Lewis
Ben-Hur

Waltari Mika
Les amants de Byzance
Jean le Pérégrin

Achevé d'imprimer en janvier 1998
sur les presses de l'Imprimerie Bussière
à Saint-Amand (Cher)

POCKET - 12, avenue d'Italie - 75627 Paris Cedex 13
Tél. : 01-44-16-05-00

— N° d'imp. 2510. —
Dépôt légal : janvier 1998.

Imprimé en France